小时候

时光集

曾繁涛 —— 著

济南出版社

图书在版编目（CIP）数据

小时候 / 曾繁涛著 .-- 济南：济南出版社 ,2025.
4.--ISBN 978-7-5488-6792-0

Ⅰ . I267

中国国家版本馆 CIP 数据核字第 2024WU7538 号

小时候
XIAOSHIHOU
曾繁涛　著

出 版 人	谢金岭
责任编辑	乔俊连　戴　月　张　静
装帧设计	纪宪丰
插　　图	任梦瑶　曾　冉
出版发行	济南出版社
地　　址	山东省济南市二环南路1号（250002）
总 编 室	0531-86131715
印　　刷	济南乾丰云印刷科技有限公司
版　　次	2025年4月第1版
印　　次	2025年4月第1次印刷
开　　本	160mm×230mm 16开
印　　张	16
字　　数	179千字
书　　号	ISBN 978-7-5488-6792-0
定　　价	56.00元

如有印装质量问题 请与出版社出版部联系调换
电话：0531-86131716

版权所有　盗版必究

大地的赤子(代序)

谁亲吻过土地,才拥有真正的童年。

——余秋雨

繁涛是我的老同事、好朋友。他爱打球、打牌、交朋友,为人实在、率性。从部队转业到机关后,他一直从事文字工作,一步一个脚印地前行,后来走上领导岗位。浓眉大眼、大背头,高大健硕、皮肤偏黑,却又少言寡语,是我对他的第一印象。母亲说,这样的人往往性格耿直,肯吃苦,能干事。其他细节记不太清了,我还记得他有几颗包着钢片的牙,因初次见面也没细问。

有一天晚上我到他家串门,他拿给我一本书——《战火硝烟》,嚯,有近500页。我一看竟出自他之手,惊诧不已,立即刷新了对他的认知。这些年,他在工作之余勤奋写作,追求文学梦想。在当今浮躁的社会里,这是一种多么难能可贵的品质!回家后,我用了几天时间把书读完。这是一部普通士兵关于20世纪80年代对越自卫反击战的回忆,是对那段血与火岁月的真实再现,是对人性的立体展现,更是对生命的真实体验,内容翔实、文字朴实,感情丰满、有血有肉，颇有价值。从书中我还知道了他那受伤的牙原来是死里逃生的见证。阅后，我立即与济南市档案馆联系，推荐档案馆收藏了这本书。相信，随着时光推移，《战火硝烟》会越发彰显出它的历史价值、军事价值和文化价值。

从此，我重新关注繁涛，他的散文经常见诸报端。每见他有大作，我就第一时间打电话祝贺，切磋文章优劣。前几天，他突然发来近作《小时候》，请我给他作序。因事务繁忙，本想推辞，但还是忍不住地想打开看看。这一打开不要紧，看完了一篇又忍不住地往下看，一口气看了十多篇。一篇篇散文把我拉回童年时光，下河摸虾、割草偷瓜、推铁环、堆雪人等，心中泛起涟漪，这些都是我小时候经历过的。《收麦》一文写得太实在了，把我各种感觉都调动起来了。读此文真是一种享受，因为那是农家的喜悦。读《过年》一文，我仿佛又在那个年代走了一回。放鞭炮，我也曾被炸过一次，炸得小手乌黑，疼了好几天；抢到过猪尿脬（suī pao），玩了大半年；跟着大人走亲戚，虽然拿的不是"香油果子"（油条），但能够到亲戚家吃一顿好的，那种兴奋和高兴是让人难以忘却的。而那一篇《游击睡》更是充满儿时的酸楚、生活的艰辛。繁涛却用轻松的笔调，把生活的艰辛写得诙谐、幽默，令人忍俊不禁。我跟他说，这序我作定了。我觉得我们有共同的责任，来回忆苦涩而快乐的童年，来抒写大地之歌，来赞美大地母亲。

繁涛是有生活积淀的，没有丰富的经历是写不出这么好的文字的，他俨然像一个散文家了。他的文字通俗易懂，没有华丽的辞藻，没有任何雕饰，却又刻画精准。读《小时候》，感觉那广袤的平原正向我们徐徐展开，春夏秋冬正向我们走来，鸟飞、虫鸣、风动，是大地的诗行，而他就是一个大地的赤子。大地让他的思想变得厚重，大地让他的感情更加丰满，大地让他富有责任感和使命感。

繁涛是有浓浓的故乡情结的，因为故乡是他的根。夫物芸芸，各复归其根。归根曰静，静曰复命。他和我一样，作为一个"半吊子"城里人，依然保留着浓浓的乡音。听他说话，就知道他是鲁西南人。人一旦离开生养自己的故土，就像一个无根的人。在暗夜里，失眠的时候，总是回顾自己来的那片乡土。台湾把故乡叫作原乡，作家钟离和说，"原乡人的血，只有流回原乡，才会停止沸腾"，真是透彻到了骨髓。

繁涛为一个时代留下了他独特的见证。他的《游击睡》，他的《二叔》《二婶子》，他的《学雷锋》，等等，已不是单纯的文字了，它们就像一幅幅精美的图画。读着读着，不知不觉，我们已成为画中之人，与那些人、事、物融在了一起。农人的生命更接近自然状态，就像田地里的庄稼，既沐浴着阳光，又时刻接受着风霜雪雨的挑战，而这挑战，磨炼了他们的意志，铸造了他们的钢筋铁骨。

鲁迅在《朝花夕拾》中说："我有一时，曾屡次忆起儿时在故乡所吃的蔬菜：菱角、罗汉豆、茭白、香瓜。凡这些，都是极其鲜美可口的，都曾是使我思乡的蛊惑。后来，在久别之后尝到了，也不过如此。唯独在记忆上，还有旧的意味留存。他们也许哄骗我一生，使我时时反顾。"繁涛老弟也时时反顾家乡，他的文字就是一串串走回家乡的脚印。

当然在我看来，《小时候》也存在尚不尽如人意的地方。比如缺少闲笔、某些情节描写不够细腻等，这都是正常的，是在前进中很难避免的事儿。多写多练是提高写作水平的唯一手段。只要勤奋努力，在文学之路上，繁涛老弟一定能奔向更广阔的远方。

以上文字，是为序。

李炳锋

2023 年 7 月

（李炳锋：中国作协会员、山东省散文学会顾问，济南周三读书会创始人）

前　　言

　　2022年我写了两篇小稿，一篇是《那一年》，一篇是《洗澡》，都发表在《济南日报》副刊上。一些同龄老乡看到后，给我一些赞许与期待："繁涛，把我们小时候玩过的都写写，应该很有意思，对于现在的年轻人来说，也有一定的意义！"老乡的鼓励，加之自己或许因为年龄渐长，也常常忆起孩童时代那些苦并快乐的时光，于是欣然提笔，近半年的时间写了七十余篇小故事，今汇编成册，权命名为《小时候》。

　　《小时候》都是些蝇头小文，记叙的都是一件件小事或一个个生活片段，也许入不了大家的眼，但对于我而言，对于在那个年代生活过的人来讲，却是一种美好的回忆。当今社会节奏快，年轻人都被手机捆绑。倘若你拿到这本小书，临睡前躺在床上，读上一段，或许能够有助于你的睡眠。

目　录

大地的赤子（代序）　/ 1
前　言　/ 1

| 事 |

那一年　/ 2
"洗澡"　/ 6
捉迷藏　/ 10
推铁环　/ 11
打"地宝"　/ 13
滑　冰　/ 14
外　号　/ 16
游击睡　/ 21
过　年　/ 26
新权当兵　/ 34
收　麦　/ 37
烤蟑螂　/ 41
赊小鸡　/ 44
捉蜻蜓　/ 46
看电影　/ 49
看　戏　/ 54
看电视　/ 58

推碾拉磨　/ 60
扫　墓　/ 63
拾　粪　/ 65
小曾杀猪　/ 67
道不拾遗　/ 69
补　锅　/ 72
磨剪子戗菜刀　/ 74
玩泥巴　/ 76
"挛"地瓜　/ 78
舔　碗　/ 80
学雷锋　/ 82
交公粮　/ 84
家　教　/ 86
两毛钱　/ 89
拔火罐　/ 93
喝中药　/ 96
八月十五　/ 98

1

人

语文老师 / 102
老奶奶 / 105
留　章 / 111
屠　夫 / 116
二婶子 / 119
剃头匠 / 123
五奶奶 / 126

二　叔 / 128
山　岭 / 132
小　五 / 136
贼大胆 / 139
同桌的她 / 141
石　榴 / 145

物

沙　土 / 150
铅　笔 / 155
一双塑料凉鞋 / 159
毛豆角 / 162
地　瓜 / 165
麻　雀 / 170
蛐　蛐 / 175
爆米花 / 180
老　鼠 / 183
扑克牌 / 187
跳　蚤 / 191
手电筒 / 193
青　蛙 / 196
"爬叉" / 200
虱　子 / 204

"草烘子" / 207
地窨子 / 209
地瓜干 / 212
手　巾 / 215
陀　螺 / 218
"洋火枪" / 221
钢　笔 / 223
蚂　蟥 / 226
蚂　蚱 / 228
兔　子 / 230
乱死岗 / 234
眼　镜 / 237
老屋，老树 / 240
雪 / 242

后　记 / 245

事

那一年

"小二，吃饭了！"娘在厨房里叫我，我装作没听见，一个人生闷气。过了一会儿，娘见我没去，就到堂屋找我："吃饭了，叫你没听见？"我翻了一个白眼给娘，不吱声也没动弹。"咋的了？"娘拽着我的衣领就拉我去吃饭。我往后坠着，带着哭腔说："还是爹哩，说话不算数！"

"啥？你爹咋说话不算数了？"

"他说，我要是得了奖状就带我赶集吃好吃的！"

"哦，你爹今天走了，我跟他说，下次带你去，走，吃饭去！"

前段时间，秋季开学时，我见小伙伴都去了学校，我也跟着去了。老师给我登了记，还发给我两本小学课本。

放学回到家，爹见我领了课本，主动去上了学，十分高兴，说："小二，好好学习，得了奖状，跟我赶集去，我给你买好吃的。"结果爹赶集时忙着去卖粪箕子，忘了叫我。

爹会编粪箕子，在生产队上工之余，利用中午、晚上休息时间，大概十天半月能编十多个，攒够了就赶一次集。爹编的粪箕子既美观又耐用，比其他街坊邻居编的能多卖点钱。

一晃到了寒假，我和小伙伴们从早晨到夜晚尽情地玩耍，赶集的事早被我丢到脑后了。

"小二，小二，快起床，赶集去啦！"

听到娘的声音，我一骨碌爬了起来，赶紧穿好衣服，揉着眼跟娘到了厨房，爹正在吃饭。"赶快吃，吃完就走！"爹说。我怕爹不等我，狼吞虎咽地吃了一个窝窝头，喝了碗地瓜小米粥。

爹驾着地排车，我在前边拉着一根绳，一蹦一跳地赶路，此时天刚蒙蒙亮。

"一六三八赶黄大（dài），二七四九大（dài）老人。"今天是腊月二十九，是春节前的最后一个集了，年货没备齐的都要赶集去置办。

也不知过了多久，我们终于来到大（dài）人（俗称"大老人"）集上。这时已有一些人来了，有的摆摊卖东西，有的在摊前买东西。

爹找了个空地停好车，把四五个粪箕子摆放在地上，便坐在车厢上等生意，我感到好玩便在附近来回跑。

人渐渐多了起来，有点拥挤。爹不让我再跑，让我坐到车上去。粪箕子一个个让人买去了。

也许是起得早，也许是走的路远（后来知道从我们村到大人集有18华里远）太累，太阳一晒，我很快就在车上睡着了。

我睡醒爬起来时，肚子咕噜咕噜叫了好几次，太阳已偏西了，爹在闭目养神。咦，刚才那么多人都去哪儿了，咋没几个了呢？我再看爹的粪箕子，还剩一个。

微风吹过，一阵香气扑鼻而来。"壮馍，羊肉壮馍！""又香又酥的壮馍！"我不由自主咽了两口唾沫。

"爹，我饿了！"

3

"哦，卖完这个咱就回家！"爹眼也不睁。

"粪箕子咋卖的？"过来一个男人问。"一块五！""啥时候了，天都过午了，还一块五？""大兄弟，你看我这手艺，既好看又耐用，要不是最后一个，一块五我还不卖！""一块四，你看孩子都饿了，赶快卖了给孩子买点吃的！""看你说的，一块四毛五卖给你！"爹说着把粪箕子放到那人的脚下，那人也没再争执，付了钱就走了，也许是急着回家准备过年。

"小二，走，回家！"爹说着拉起车子要走。"爹，我饿，我要吃好吃的！"我说。爹好像没听见似的继续往前走，我喊："爹，我饿，我要吃好吃的！"

爹还是往前走，我便蹲在了地上。"壮馍，羊肉壮馍！"又是一阵香气扑来。

爹又往前走了一段，见我没有跟上，放下车，跑了回来。"回家，家里有好吃的。""我不，我就要那个！"我指着羊肉壮馍摊说。

爹看了眼壮馍摊说："那不好吃，我给你买两根甘蔗（一毛钱两根）吧！""我不，就要那个！"爹见拗不过我，就拉着我到了壮馍摊。

"大哥，要几个壮馍？""嗯……嗯……来半个吧，给孩子吃！""怎么这么点？像这孩子能吃俩，再说你也该吃一个垫垫！""嗯……我不饿！"爹从他棉袄里边掏出钱，手指头在嘴里蘸了点唾沫，捻出两毛五分钱递给了卖壮馍的。

我接过壮馍咬了一大口，也许还有点热，但我实在太饿了，没怎么在嘴里嚼就咽下去了。我把壮馍递给爹："爹，很香，好吃，您尝尝！""爹不饿，爹吃过，你赶快吃吧！"

我坐在爹的车上，一路上都在回味壮馍的滋味。

那一年，我七岁。

"洗澡"

在我的老家鲁西南，游泳不叫游泳，叫"洗澡"。当然，那时的游泳与现在的体育项目根本没法比，很不规范，你狗刨也好，瞎划拉也好，只要不沉下水去，并且向前移动就行，其根本目的是泡在水里凉快。"洗澡"是我童年时夏天的最爱，村周围的河里、坑里、沟里、壕里没有我没去过的。为此，也没少挨熊、挨揍，但是被大人们熊过、揍过后，一转眼，我又跑到水里去了。我是割草前洗、割草后洗，午饭前洗、午饭后洗，白天洗、晚上洗，一天不知洗多少遍。

年纪小点时，我水技不行，放了学和小伙伴相约去割草，割草前就和小伙伴去水沟里戏水，扑腾几阵子，直到太阳落下一竿，才赶快上岸去割草，待割的草能与粪箕子口平齐时，扭头又下到沟里，顺带着摸鱼捞虾，有时也有收获：一两条寸巴长的小鱼或一两只刚看清眼睛的小虾。扔也不舍得扔，就用树叶包起来拿回家喂鸡。鱼虾不大，腥味却很重，特别是手一干，味道更是熏人，老远都能闻到。怕大人闻到，知道我又下水了，又是一顿熊，于是回到家，我扔下粪箕子，把鱼虾丢给鸡，就赶紧找洗脸盆洗手，为了遮掩腥味，有时候还偷用姐姐的"香胰子"（香皂）。

大一点，我就敢到坑里去游了。我们村有一个大坑，长年不断水。听老人说，大坑的东南角有一个无底洞，干旱时往外冒水，大雨时往里吸水。那个地方淹死过好几个人。在我的记忆中，20世纪70年代前后，坑里种着藕、养着鱼。莲叶覆盖着大坑，每年夏天都飘着荷香。待莲蓬成熟了，我们就摘了吃，吃不了拿回家，即便挨熊也高兴。坑里的藕每年都要挖出来，入冬后腊八节前，村里用多台抽水机连夜往外抽，一连要抽四五天，然后组织社员下去挖。那时也没有胶鞋雨靴，社员们直接挽起裤腿光着脚干活。挖藕也是技术活，先是用脚在淤泥里踩，踩到藕再用手拔出来，这样藕是完整的，三四节、四五节连在一起。之后再用铁锹挖没有踩到的，这样挖出的藕往往不是被切断就是被划伤，卖不上好价钱，最后只能分到社员手里。有一年，有个社员脚皲裂了，怕下到泥里会加重，死活也不下去，为此，他还被批斗过两次。我们见了他那与我们同龄的儿子就喊："我脚裂，不能下坑！我脚裂，不能下坑！……"以后他儿子每次见到我们都躲得远远的，不敢打照面。

大坑里的鱼也很肥大。一来坑边的社员养了鹅鸭，二来雨水流进了坑里，什么东西都往里冲积，加上莲藕的腐枝烂叶，导致鱼特别多，所以鱼的价格超低，年三十了，还有很多鱼没有卖完，村里只好分给社员。我家人多，分了三条，加起来足有七八斤。领回鱼后我们几个高兴得合不拢嘴。娘把鱼杀了，切成块，挂上面糊用油炸了，那炸鱼闻着可香了。但是，大年初一中午我们家只吃了一顿，每人分了一块，其余的都让娘藏了起来。我们问："怎么才一人一块呀？"娘说："明天去你姥姥家，给你们姥姥、舅舅送去。"我们兄弟姊妹几个一脸的失望。

大坑的东南角的确有个"无底洞"。四五台抽水机在那地方抽了一天多，愣是不见水面下降。我们小孩子好奇，在那里围看了一整天。有人往里撒了一网，也没打上鱼来，有人大着胆子靠近，用竹竿往里捅也没探到底。大人似乎有些紧张，都叮嘱孩子不要靠近那个地方。

前几年，我路过那个大坑，又去看了看，因村民建房，周边被填了一些，大坑变小了，但水仍满满的，有些浑，水面上漂浮着一层绿醭（bú）。我问起儿时的伙伴，当年大坑抽不干是不是真的，他们也不置可否。他们说："自从包产到户，坑里也不养鱼了，莲藕也渐渐没了，小孩子少了，再也没人游泳了！"

等我们再大一点，1971年时，村西向阳河修成，我们的游泳地便转移到向阳河。向阳河水面最宽时有八九十米，最窄时也有五六十米，在这里我的泳技大长，不仅学会了自由泳（那时候不知道这个名），还学会了潜泳和仰泳。自由泳我可以连续游一个来回；潜泳，潜在水里，走河底手扒脚蹬，一口气到对岸；仰泳，躺在水面上要多长时间就多长时间。脸和肚皮露在水面上，一有下沉的迹象，腿脚微微一动便又恢复原姿。

想玩点刺激的，则跑到桥上，站在栏杆上往下跳，有时脚朝下，有时头朝下，还能翻跟头，那时，我可以在空中来几个滚翻。

游过、跳过，便摸一些壳蚌（即蚌，鲁西南方言）弄回家，家里人都怕腥，不愿吃，我便把壳敲碎喂了鸡、鸭，吃了壳蚌的鸡、鸭下的蛋个头大，腌制后蛋黄油多，格外香。其实壳蚌肉好吃，我在邻居家吃过，把壳蚌煮好后，蘸着蒜泥加醋吃，很鲜。在河底捞回的闸草，猪吃了，长得快。

十多年前，向阳河失去了往日的雄姿，水流小得可怜。哥在河上打了二十多年鱼，也不得不停下手中的活计。如今向阳河变成一条臭水沟，荒草丛生，人们老远就能闻到刺鼻的臭味。乡亲们的压水井压出的水烧开后，表面浮着一层厚厚的油污，乡亲们只得先把油污撇去后再饮用。直到几年前，村里通了自来水，用水问题才得以解决。

有一次，我在向阳河里游累了，正坐在岸边回味刚才我华丽的跳水动作，突然耳朵被一只大手使劲往上提，疼得要命。我想扭头看是谁，但扭不动，便顺势往上站起来。屁股刚离开地面，便被啪啪踢了两脚。"臭小子，以后再洗澡，我就揍死你！"是我爹。我不敢争辩，也不能摆脱，疼得龇牙咧嘴。我被爹连拉带踹弄回家，姐姐告诉我，后街的小四在大坑里淹死了。小四是我的同学，也是我的小伙伴，更是我游泳的竞争对手。我说呢，放学后没有看到他，在向阳河桥头上也没找到他，我还以为他认怂了，不敢跟我比赛了。原来他跑到大坑里去了。小四死了，我很难过，老实了好几天，没再去向阳河跳水。但时间一久，我又成了"浪里白条"。

捉迷藏

童年时的夏天，我们的玩法丰富多彩；童年时的冬天，我们玩得也精彩纷呈。

玩捉迷藏，无论是星高月明，还是月黑天阴，我们照玩不误。七八个孩子分成两帮，一帮找、一帮藏。找人的一帮要首先脸朝墙站好，不许左顾右盼，更不得扭头。藏的一帮迅速散开，各自奔向事先想好、自认为隐蔽的地方藏起来。有的钻进了柴火垛；有的爬上了屋顶、树杈；有的藏到猪圈里与猪为伍，也不怕脏臭；有的跑到墙旮旯，两脚蹬住两侧的墙，爬到半空，任由找的人在下边来回走。藏方"队长"喊一声"好了"，找人的一帮便可以分头去找。会找的会直奔可疑的地方，不会找的便东奔西跑瞎转悠。藏起来的看到找的人向自己走来，吓得屏住呼吸，大气不敢喘。有的沉不住气弄出动静，暴露目标成了"俘虏"。一定时间内，找人多的一帮为胜方。如此反复，直到家人来叫，才结束游戏。

有一次，我藏起来后，不一会儿就睡着了，也不知睡了多久，从柴火垛中钻出来时，月亮已经转到西南边了。我正要往家走，忽然从村东头传来娘的声音："小二，回家睡觉了！"声音既急促又故意压低了几分。我急忙向娘的声音跑去，娘见到我，没有打我，只责怪了句："跑哪去了？啥时候了还不回家睡觉？"说着，便拉着我快速往家走。

推铁环

我们小时候玩推铁环，不分白天和晚上，只要愿意比赛了就来几局。

铁环是用老式旧水桶的箍做的，推杆是用废旧烧火铁棍做的。将烧火棍的头烧红后弯成想要的程度，用来托着铁环向前推。推铁环是个技术活，如果掌握不好平衡，半圈也推不了。我们找路窄的地方比，找坑洼不平的地方比，在原地比转圈。在窄的地方比，看谁以最快的速度通过；在坑洼不平的地方比，看谁推得最远。在原地转圈最难，人转圈则不能移步，铁环转快了，则圈大，必须移步跟着转，铁环转慢了则容易倒。最后看谁转的圈多、移步小、坚持的时间长。

一开始我们玩的铁环是小东的，这小子经常"拿"一把。一会儿不给这个玩了，一会儿不给那个玩了，气得我直跺脚，于是下决心做一个。我家没有木水桶，翻遍了整个家也没找到铁圈。20世纪70年代初，木水桶很少见，都用铁皮水桶打水。无奈，我把玩的地方换到水井附近，想着看看谁家还用木水桶打水。不几天，我终于看到本家二爷爷挑着水桶来打水，仔细一看是木水桶，我高兴得差点蹦起来。于是，我又把玩的地方转移到二爷爷家门口，择机盗取水桶。一连三天蹲守，终于等到二爷爷家中没人，我便翻墙头去偷水桶。提着水桶直奔村西一个破房子里，拿出事先准备好的锤头，把水桶叮叮当当地砸开了，费了九牛二虎之力，才一片片把木条砸下来，铁箍自然脱落，我如获至宝，又用砖头把铁箍打磨了几遍，藏好后，把木条挖了个坑埋了起来。趁家里没人，在锅底烧火，把烧火铁棍烧红，做了个推铁环的托。其间我手上烫了两个泡，也不知道烧了多少柴火，把满满一锅水几乎烧干了。

　　我选择了"低调"，一来怕小伙伴们争抢玩我的铁环，二来也担心二爷爷发现找来。把托做好后，我偷偷地试了试，感觉很好，就把托和铁环藏在一起。这天，我和小东闹了矛盾，他说什么也不让我玩他的铁环，还骂我："有种，自己弄一个呀！"我火冒三丈，迅速取出我的秘密武器，小伙伴们惊得瞪着眼、张着嘴看我。正当得意之时，二爷爷一个箭步走到我的跟前，一把抓去了铁环："臭小子，就知道是你干的好事，哼！"二爷爷两眼瞪得吓人。原来，二爷爷"贼精"，发现水桶没了后，也不叫骂，更不声张，只暗地里进行"调查"。我说呢，近几天他老是在我们玩的地方溜达。后面的事可想而知，我屁股上多了爹的几个鞋印，我家赔了二爷爷家一个铁皮水桶。

打"地宝"

打"地宝"也是我们小时候常玩的游戏之一。玩打"地宝",就是两个人把用纸折叠成的纸牌,放在地上相互打,谁的被打翻了,就归对方。其原理是利用冲击力和甩手带起来的风把牌翻个儿。我们比谁的"地宝"多,看谁的"地宝"厉害,为了增加"地宝"威力,想方设法增加"地宝"的厚重感,于是"地宝"变大了,有的是一个"地宝"套一个"地宝",有的甚至把"地宝"里边塞上薄薄的铁片。

为了拥有更多的"地宝",我们想方设法到处找纸,甚至连贴在墙上的报纸也不放过,用小铲子小心地铲下来,叠成"地宝"。由于报纸是用浆糊粘贴上去的,我们铲下来后弄不掉报纸上带的泥土,于是干脆连泥一块叠进去,然后再套上干净的纸。你别说,这种用带泥土的报纸叠成的"地宝"威力很大,有一阵子我用它连赢。

有一次,快过年了,娘给我洗衣服,忘了掏我的口袋,待我发现后,"地宝"全部变成了泥浆。我像泄了气的皮球,一下子坐到了地上。没办法,我只能重新寻觅纸张。

我知道爹爱读书,便打起了他的书的主意。可是书被爹锁在柜子里,我几次找钥匙找不到,一度想把柜子撬开。打不开柜子,我又打起了作业本的主意,我想前边写过的那些作业纸,时间长了,老师不会在意,我撕几张他也不会知道。结果不久,爹查看我的作业,发现了"猫腻",于是,我头上多了几个爹用手指敲的疙瘩。

滑 冰

　　滑冰和游泳也是我们小伙伴们喜欢的项目。放了寒假，我们无所事事，不像暑假有割草的任务，猪呀，羊呀，鸡呀，我们也不用去喂，大部分时间用在了滑冰上。

　　滑冰也有很多玩法，我们不仅仅是在冰面上比谁滑得远，还有很多玩法。小伙伴们先排好队，然后叉开双腿，一个接一个，前边的人坐在后边人的怀里，后边的人则抱住前边人的腰。准备好后，队伍前边第一个人抓住绳子的一头，由另一人牵住绳子的另一头在冰面上拉，拉几圈换一个人。不一会儿，拉的人满头大汗，坐在冰面上的人都屁股冰凉，但大家乐此不疲，全然不觉。我们从家里拿来脸盆，砸开冰面从里面取水，找一个坑沿把水泼上去。待第一遍结了冰，再泼第二遍、第三遍，一个人造滑梯便出现了。我们从上面往下滑，或站立，或躺着，或趴着，甚至头朝下躺在冰面上往下滑。人躺好，其他人用力一推，人就像飞箭一样滑出。这时候，要掌握好抬头的分寸，不然经过不平的地方，头会撞击冰面，咚咚作响。常在河边走，哪有不湿鞋。我们在冰上滑，不仅鞋会湿透，而且棉衣、棉裤也多半会湿。

　　有一天晚上，我滑得太远了，就要到大坑的中央了，没想到这里冰薄，滑过去还没有站稳，只听得冰面啪啪作响，脚下炸开的裂纹向四周延伸，我立马往回跑，可还是晚了，扑通一下掉进了水里。还好，塌落的冰面不大，我的手抓住了冰断面。听到响声，小伙伴们把绳子甩给我，用尽全力把我拉上来。我走到岸边，倒净鞋里的水，让伙伴们帮我拧拧棉裤。后来回想，当时我倒是没怎么害怕。回到家，娘立马扒下我的衣裤把我按在被窝里。然后，把衣裤、鞋子用草木灰搓了两遍，塞到了还有热气的锅底下。我躺在被子里，蒙头便睡。可是，爹没有放过我："作死呀你，要是全掉进去，滑到冰下面，你还能出来吗？"说着就拉我的被子，被我使劲拉住了。也许爹见我受到了惊吓，被冻了一阵，不忍心再打我，否则被子哪是我能拉得住的。

外　号

在鲁西南我的老家，男人们尤其是男孩们都有大号、小号和外号三种称呼。所谓"大号"就是大名、学名，往往是为落户口或上学起的。所谓"小号"则是小名，如小坤、小祥、小军，一般是取大号的最后一个字前边加"小"。随着一个人年龄的增长，除了他自家的老人叫他小号外，其他人一般不再叫。所谓"外号"，是小孩子之间根据人的性格、脾气、言谈举止、外貌特征、生活爱好而起的，多数是贬义的，当事人很反感，别人只有开玩笑时才叫。随着年龄的增长，别人一般也不再叫了，特别是到了二十岁左右，如果再叫的话会影响找媳妇。

我的小伙伴们多数都有外号，像"大头""大眼""二斜子""二瘌子""三大胆""三叫驴""四大牙""四妮子""五坷垃""五能豆"。也不知道谁先给谁起的，开始时本人都不高兴，甚至为此大打出手，很长一段时间互不理睬。但是随着时间的推移，叫的人多了，似乎到后来本人也就习以为常了。性格脾气好的，本人也爱开玩笑的，他的外号别人就叫得时间长，甚至叫一辈子，让别人把他的大名都忘了。比如，听到"张来龙"这个名，可能很多人不知道是谁，但一说"三滑子"都知道是他。如果他的孩子与别人起了冲突，对方往往拿叫他的外号当攻击他孩子的高端武器，他的孩子也会跟对方拼命。因为叫长辈的外号，晚辈们是很忌讳的。

张来龙脾气很随和，五六十岁了，听到别人叫他的外号，他也毫不在乎，大人、小孩都当他的面叫。大人们叫时，他或是一笑，或是叫一声对方的外号。小孩子叫时，他则"怒"道："我打死你，叫你乱喊！"只是挥着手做击打状，追上几步而已。

因为他的外号太响，以至于很多人都忘了他叫张来龙了，为此还闹了个笑话。一天，有个外村人，也不知是他家的老亲戚还是刚交的朋友。进村就打听张来龙家，问了三四个人，都说："不知道，没这个人。"说来也巧，那人问着问着，走到了张来龙家门口，他的儿子正在门口从地排车上卸柴火。来人问道："请问张来龙家在哪？"他的儿子很干脆地说："不知道！"来人自言自语地说："怪了，怎么会没有呢？那天没说错呀！"他的儿子也是热心肠："你知道他还有别的名字吗？比如说外号？""哎呀！"来人一拍脑袋说，"还真忘了！那天他说，到了俺村一说'三滑子'，没有人不知道的！"他儿子腾地一下脸红了："这，这，这就是他家，他是俺爹！"

我也有外号，现在已成了我个人的秘密。近些年回老家，和周运成、"五坷垃"聊起小时候的事，他们一时也想不起来了。

我刚上小学的时候，与周运成是同桌。有一次上自习课，老师不在，同学们有的打、有的闹，有的说、有的笑。不知什么原因我有点困，便趴在课桌上睡觉，迷迷糊糊中，不由自主地磕起头来，我全然不知。周运成见此，一把把我推醒："你干什么？怎么磕头呀！"我抬起头看了他一眼就又想接着睡。"哈哈，磕头，就叫你二磕头吧！"我一听急了，砰砰两拳打在他的肩上。"你怎么打人呀？""打人？你再叫，我就揍你！"周运成一脸尴尬，不再吱声，但是这一切让坐在前排的"五坷垃"听到了。

放学时，起外号的事我早已抛诸脑后。谁知"五坷垃"又叫了起来："嘿嘿，二磕头，好玩！"我一听便急了，二话没说，一个箭步上去抓住"五坷垃"的领子使劲一拉，脚下一绊，"五坷垃"顿时被摔了个嘴啃泥。"再叫，我就揍死你！""五坷垃"趴在地上哇哇大哭："叫你怎么了？又不是我起的！""就是不让叫！"我指着他说。"五坷垃"比我矮半头，长得瘦瘦小小的，在家排行老五，所以同学给他起了个外号叫"五坷垃"。

第二天课间休息，"三叫驴"又叫我的外号，我更加生气，就像揍"五坷垃"一样，冲上去抓住了他的领子使劲拉，脚下使绊，结果没有把他摔倒，他趁机把我抱住，于是我俩就扭打在了一起。开始是你推我拉，之后我俩滚在地上，一会儿他在上，一会儿我又在上。"以后再叫，见一次我就揍你一次！""就叫，二磕头、二磕头，就叫你二磕头！"我急了，但又没有办法，因为我俩势均力敌，于是我便抱着他不放。同学们拉都拉不开，一直到老师来教室上课，我俩的打斗才被老师制止，接着我俩在后墙根被罚站了一节课。"三叫驴"脾气倔，说话嗓门也大，还有一身笨力气，同学们自然而然都叫他"三叫驴"。

我磕头、摇头、碰头是客观事实，同学们给我起的外号也是恰如其分的。听娘讲，我一岁多点刚开始会走路时，突然得了这么个"怪病"。只要趴在什么地方，无论是床上、桌子上、还是地上，我便不由自主地磕，有时候不间断地磕很长时间，有时候磕着磕着就睡着了。似乎磕头很舒服，掌握的力度也很好，从来没有出现过磕得头破血流的时候，只是额头上发红。

两岁时，我又增加了摇头、碰头的毛病。躺在床上或地上，头会左右不停地摇，像"货郎鼓"一样。倚靠在墙上或站或坐，头便嘣嘣地向后碰，也不觉得疼。

见我得了这个"怪病"，爹娘吓坏了，便找了多家医院，一趟一趟地带我去看。我到了医院，也许是觉得新鲜，下了车便在医院走廊里乱跑。大夫见了说："这哪是有病啊，活蹦乱跳的。"检查结果也一切正常，大夫给开了点镇静的药，打发我们回家了。我吃了药也不见效，该磕的时候还是磕，该摇的时候还是摇，该碰的时候还是碰。娘急得直抹眼泪，托邻居、亲戚到处打听偏方。直到我五岁以后，爹娘才放弃给我治疗，听天由命吧！发现我磕、摇、碰时，就及时制止一下。

随着年龄增长，我磕、摇、碰的次数逐渐减少，上初中时就偶尔为之了。邻居三叔的大爷去世后，房子分给了三叔，三叔晚上去住，让我给他做伴。有一天半夜，我又摇头了。头不停地左右摇动，使床发出咯吱咯吱的声音，惊醒了睡梦中的三叔，他用手电筒四处照照，也没有发现什么。这时，我在刺眼的手电光下醒了，停止了摇头，咯吱咯吱的声音也消失了。三叔见没了动静，又没发现什么，便倒头睡去。不久，响声又起，这次把三叔吓得叫了起来："繁涛、繁涛，快起来！闹鬼了！"我睡眼惺忪地说："哪来的鬼！"他说："我刚才听见了，听见了两次！"他不敢在黑夜中睡了，把灯点着，拧小，这才躺下。我随即也睡着了，不一会儿又摇了起来。三叔还没睡着，四周看了一下，发现是我在摇头，一巴掌拍在我脑门上："干什么呢？你小子在捣什么鬼？"我被他拍醒。他跟我说了原因，我也不生气，一会儿便又睡着了。

说来也怪，待我上了高中后，再也没有磕头、摇头、碰头的"怪病"了，后来当兵、上军校都是住的集体宿舍，没有人说过我有"毛病"，就连结婚近三十年的妻子，也不知道我的"秘密"。但是，那几年为了给我看病，爹娘被害惨了，兄弟姐妹也被连累了。为了给我看病，爹娘借生产队的五块钱，利滚利，到了20世纪80年代初已涨到两百多元，包产到户后我们家才有所好转，卖了一头养了一年的猪，才把账还上。

游击睡

"游击睡",就是没有固定的地方睡,四处打游击。

近段时间回忆儿时的事情,无论如何我也想不起,我在我们家睡到几岁,是如何睡的,又是和谁挤在一起,脑海里连个记忆碎片也没有。春节时,我和姐姐聊天,问起此事,她回忆了很久,也说不清楚。

第一次在外面睡还是跟着我的大表哥。那一年冬天,大表哥从外地流浪到我家,我奶奶很烦我大表哥,因为大表哥不务正业,二十岁了还在到处流浪,加上本来家里人多就很拥挤,奶奶不让他住在家里,让他跟他二舅也就是我二叔住进了牛棚里。大表哥虽然不务正业,但他愿意带着我玩,我很喜欢他。有一次,我和小伙伴打仗吃了点小亏,我告诉他后,他还给我出头,把那个小伙伴吓唬了一顿。于是,我成了他的"跟屁虫",晚上也随他住进了牛棚。

那时候生产队的牛棚建得很大,比普通民宅要宽要长,里边能同时养十三四头牛。当时没那么多牛,也就五六头,外加一两匹马。牛棚的一头有一间单独堆放饲料的房间,用来堆放过冬的饲料。过冬的饲料比较单一,几乎是一半麦秸、一半玉米秸,堆得很高,都堆到房顶了,是牛马一冬的口粮。

牛棚里很暖和，一来牛马的体温和呼出的热气提高了牛棚的温度，二来没事的大人常去牛棚生火取暖，不亚于后来家家户户的蜂窝煤取暖。

在牛棚里睡，我们不用被褥，在麦秸垛里掏一个能容得下自己身体的洞，头在外，和衣倒着进去，便一觉美美地睡到天亮。

大表哥一连三个冬天都到我家，我也跟着他睡了三年牛棚。后来不知大表哥因何故没再来过我家，从此杳无音信，至今生死不明。

随着我们兄弟姐妹们年龄的增长，我们家实在住不下七口人了，爹娘一咬牙花光了积蓄，在舅舅家借了部分砖，拉来一条大梁，勉强在村西建了两间堂屋。配套的厨房实在是建不起了，全家没法搬过去住，堂屋便成了我的宿营地。我当时虽然已经九岁了，但到了晚上，一个人不免有点害怕，又是在村头上，附近也没有几户人家，于是邀请了双胞胎的同学小虎、小豹与我同住。

没有床，我们先在地上铺上厚厚一层豆秸，再铺上豆叶，既防潮又松软。娘用旧被罩装进碎麦秸做了个"褥子"。小虎、小豹家的条件也不好，他俩兑了一条被子，我也兑了一条。晚上睡觉，你拉我扯，往往半夜被冻醒，经常有人滚到"床"下。就这样我们在一起睡了一年，到1976年唐山大地震时我们分开了。因为地震，家家户户在院子里搭窝棚，我便和家人一起住进了老院子里。余震持续了很长时间，直到深秋了，夜里很冷，我们全家挤在一起很不方便，于是我又寻到了新的"睡伴"——后街的张文粉（小名二粉）和他哥哥兄弟俩。

二粉兄弟俩单独在他家新院里搭了一个窝棚，我带去一条被子，三人挤在一起相互取暖，很好地过了一个冬天。1977年春，余震不再发生，我们就搬进了屋里。二粉比我小一岁，他哥比我大一岁，我们都在同村学校上学，早晨一同去学校上早自习，下午放学一起玩，晚上在一起睡。

那时的小学老师几乎不布置作业，冬天我们无所事事，对"挤油油"、滑冰等已不大感兴趣了，于是便早早地钻进被窝里，也避免了受冻。春夏秋三季我们过得比较"充实"，特别是夏天和秋天，各种瓜果和农作物陆续成熟。二粉家的房子后边就

是庄稼地，于是我们时不时地去摘点黄瓜、茄子吃，有时还掰几个玉米、挖几个地瓜烤着吃。

偷西瓜最"危险"，也最刺激。我们村九个生产队都种西瓜，然后把西瓜分给社员。生产队种的西瓜快要成熟的时候都有人看守，有的还养着狗。我们在白天割草时就靠近侦察，甚至往瓜棚附近扔坷垃，完全确定没有狗后，晚上才去偷。我们分工明确，学着电影里侦察兵的样子，二粉的哥哥负责放哨，我负责接应（运送西瓜），二粉个子矮、目标小，负责去摘瓜。我们悄悄靠近瓜地，二粉匍匐着爬进去，顺着瓜秧摸，估摸着是个熟的，便摘下来，爬着往回滚西瓜，待到瓜地边，我抱起来就跑。不敢跑回睡觉的地方，另外找个僻静的地方吃，防止看瓜人寻迹找来，吃完就地挖个坑把西瓜皮埋起来。

对于小孩子来说，"生瓜梨枣，见了就咬"。我们去偷，别的孩子也去偷，有时两支"队伍"或多支"队伍"碰到一起，甚至还闹起纠纷，各说是自己的"地盘"，西瓜还没偷，我们倒先争执起来。眼看西瓜不断地丢，看瓜人非常着急，想着法儿抓我们。还是看瓜人"心眼多"，尽管我们的"计划"很周密，也有"走麦城"的时候，被抓住后我们会被狠狠地熊一顿，之后再被家长熊一顿，从此再也不敢了。

1978年，我升入了初中，二粉家也搬去了别处，我又转移到方元家，和留生我们三个同班同学一块住。

也不知道为什么，升入初中，我一下子去了很多玩心，逐渐把心思转移到了学习上。方元、留生、春光他们三个人晚上跟拳师学习打拳，我则一个人在屋里看书、做习题，做累了便倒头就睡，也不等他们打完拳回来。

他们打拳打到很晚，也很累，睡觉很沉。那时候没有闹钟，每天早上起床都是我叫他们，只要我睡过头，我们上学肯定迟到。如果迟到，到了学校只能悄悄溜进教室，经常被老师逮住。时间一久，多多少少影响了我的学习，于是，我又搬到春光独居的房子。在春光处学习倒无人打扰，但他每天都回来得很晚，上学迟到的事还是不可避免。经与胜果商量，我们俩决定睡在一块，于是我便到他家去睡。

1980年秋，我们进入初三。老师说："初三了，要冲刺了。"学校要求上晚自习，我弄了个小煤油灯，开始了挑灯夜战。

方元、春光、胜果他们家都在村东头，而学校则在村偏西的地方，离家比较远，我来来回回多有不便。刚好，邻居三叔搬到他大爷的房子里住，我又跟他住到了一块，离学校很近，上课铃声都听得很清楚。

三叔去了趟济南，回来把他在千佛山、趵突泉、大明湖、金牛公园照的照片给我看，给我讲济南如何好、如何大、如何好玩，我羡慕得直咽唾沫，激起了我发愤学习的欲望。

1981年秋，我考上了高中，从而结束了"游击睡"。

(谨以此文献给我的同学二粉兄弟、小虎、小豹、方元、留生、胜果、春光，还有三叔，感谢他们与我做伴，提供温暖的"被窝"。)

过 年

随着鞭炮禁放范围由城市扩大到农村，随着城市大楼的不断拔高，随着居民的不断搬迁，过年的感觉已慢慢变淡，甚至让人没有了对过年的些许期待。在繁忙的都市里，在行色匆匆的人群中，年味越来越淡，有的时候马上过年了，人们才想起来。

也许是年龄大了，近来我常常想起小时候过年的情景，虽然那都是久远的回忆，但一切又都是那样鲜活。

在我的老家，20世纪七八十年代的鲁西南农村，一到腊月，年的气氛就浓厚起来了。在村里的供销社，在集市上，购买年货的人摩肩接踵、络绎不绝。那些传统的年画给我留下了深刻的印象，有关公画像、有财神画像、有灶王爷画像，还有其他神仙画像。虽然当时的年画纸质很差、印刷模糊，但是家家户户还是要买来张贴，祈祷新的一年家人平安、五谷丰登。

"小孩小孩你别馋，过了腊八就是年。小孩小孩你别哭，过了腊八就杀猪。"腊八一过，我们这些小孩每天天没亮就会醒来，一想到要过年了，就兴奋得睡不着。

大人们则开始忙年，准备过年的东西，进店、赶集购买一些年货。"姑娘要花，小子要炮，老头儿要顶毡帽。"爹赶集回来，他会将给姐姐妹妹买的头绳直接交给她俩，但买的鞭炮则会悄悄地藏起来。他所戴的帽子始终是那一顶，帽子里面的一圈被脑油浸得颜色要深很多，帽檐也被磨破，开着口子。

娘在忙着拆拆洗洗，把除我们的棉衣以外能拆洗的都拆洗一遍，用她的话说：干干净净过年。拆洗棉被要一大早就开始，先是把棉花抽出，把被套洗干净，在自己打的浆糊中浆洗一遍，然后晒干，在天黑前把被子缝好。拆洗过的被褥不仅干净，而且松软、暖和。

过了小年，娘就开始蒸花糕、蒸馒头、炸丸子、炸鱼、炸藕盒、炸酥肉。这时候我们兄弟姊妹不再出去玩了，都围在灶台前转悠，姐姐年龄大帮着烧火。我们闻着油香，吞着唾沫，两眼瞪着，眼光随着娘的动作移动。每当娘炸出一锅，我们便欢呼着蹦高："炸好了！"急切地想吃上一块。丸子是可以吃上一两个的，炸鱼、炸藕盒、炸酥肉是万万吃不到的，要留着走亲戚、招待客人。于是，娘就捞几个油渣分给我们。油渣很香，但我们也不敢大口嚼着吃，而是一点点用牙尖咬着吃。

我们小孩子最喜欢看杀猪了，不仅热闹，而且还可以有所收获。那时候每个生产队都养了猪，过年时杀了猪把肉分给社员。杀猪前要烧上两大锅开水，接着到猪圈中抓猪。猪好像有灵性，知道生命即将终结，等人一靠近猪圈，它就疯跑。几个壮小伙子徒手抓，也很难抓到。杀猪匠有办法，他眼疾手快，用锋利的铁钩子，只一下便钩住了猪的下巴，使劲一拉，猪便倒下，旁边的帮手上去就把猪摁倒在地，迅速地把猪的四肢绑住，抬出来放到门板上。猪头探出门板一截，只见杀猪匠走到猪头前，左膝微曲顶住猪的脑袋，左手扳住猪下巴，右手把磨得极其锋利的尖刀迅猛地从猪脖子下捅进去，直刺猪的心脏。把尖刀又猛地抽出，一股鲜血从刀口中喷出，流淌进事先准备好的盆里。猪号叫着，使劲地蹬腿，猛地翻身，但随着它蹬动，血便一股一股地喷涌出来。直到血流尽，猪的叫声也变成了哼哼声，身体也渐渐地停止翻动。

放完血，杀猪匠就在猪的前左腿或前右腿上拉一个七八公分长的口子，揭开皮，用一米多长的铁棍在猪身上上下左右地捅几下，捅到的地方，猪皮与猪肉就分开了。然后对着刚才拉开的小口子，几个人轮流往里吹。每个人都把全身的力气用上了，先深深地吸一口气，然后对着猪腿上的口子，一口一口地往里吹，脸都憋得红红的。一个人往猪身体里吹气，另一个人拿木棒在猪身上来来回回地敲打，让气流到猪身上的每一个地方，猪身子便慢慢变得鼓鼓的、圆圆的，四条腿也都直挺挺的。

几个人把猪放到一个大木盆中，浇上开水，待猪在里边泡上几分钟，再把猪翻个儿，这时杀猪匠则用铁刮子在猪身上刮，随着噌噌的响声，猪由黑变白，赤裸裸地呈现在人们的面前。待猪毛被全部刮完，杀猪匠则把猪用钩子挂在架子上，准备开膛破肚，取出内脏。这时候我们小孩子就拼命地往上挤，准备抢猪尿脬（膀胱）。如果杀猪匠要留给他自己的孩子，他则自己拿着去烫猪的盆里洗一洗，接着吹起来，我们这群小孩子只有羡慕的份儿。如果他不要，他则把猪尿脬向外一扔，由我们去抢，谁抢到是谁的。

猪尿脬是我们很好的玩具，我们把它吹起时，吹进几粒豆子，待干了后，一晃则哗啦哗啦地响；有时我们做抱球游戏，有时则踢着玩，满大街地疯跑。

抢不到猪尿脬，我们就抢猪蹄甲。一头猪有16个猪蹄甲，八大八小，我们抢到一个的概率还是很大的。我们把捡来的猪油放进猪蹄甲中，插上一根棉花做的捻子，做成蹄甲灯，晚上点着满大街跑。特别是十五观花灯时，蹄甲灯取代了蜡烛，只是有一股煳肉味，如今想起来有点反胃。

年二十七八要洗澡，说是洗去一年的"晦气"。起初都是娘烧好水，在脸盆里给我们洗头。不像现在有洗发水之类的洗护用品，那时是用洗衣粉或肥皂洗。洗第一遍时水已经黑乎乎的了，娘也不舍得换掉，要再洗第二遍，水脏得实在不行了才换新水。除了洗头，还要洗脖子。洗脖子最难，要用热的湿毛巾捂一会儿，然后把厚厚的皴搓掉。可想而知，要搓干净不容易，我们身上从夏天到春节前积下的泥土很厚，又反复被汗浸，已与皮肤浑然一体。娘搓时，我常常疼得嗷嗷叫，几度要躲开不让搓，都被娘狠狠地按住。后来爹就带我和弟弟去县城的洗澡堂洗了，那时候县城的洗澡堂很少，人们年前都挤着去洗，往往排很长的队，等到进去时水池子已变成"泥巴塘"了。水很浑浊，散发着刺鼻的味道。没办法，也得洗，并且还要在里边泡上一阵，以便把浑身的泥垢泡透，搓下来。人们都在池子里洗头、搓泥。爹先给我和弟弟搓完，我再给爹搓背。虽然池子里的味道令人作呕，但泡后搓掉泥，浑身舒服、轻松。

年三十中午，爹就开始忙活起来，他让我帮他把"八仙桌"抬到院子里有太阳的地方，就开始写起门对子。爹是文化人，上过两年私塾，毛笔字写得很好，每年大半条街的邻居都要让爹写门对子。爹写，我则负责把写好的拿到一边摆好晾晒，不能混了。为防止风刮，我就用小木棍等东西一一压好。邻居们有的拿张红纸，有的拿瓶墨水到我家挑选，或者让爹现写。有的邻居空着手来，对爹说："大哥，求副对子！"爹则说："好的，挑吧！"对于拿不拿纸墨他也不在乎，他已做了充足的准备。

年三十下午贴门对子，鲜红的门对子透着淡淡的墨香，一贴上门，顿时浓浓的年味就出来了。贴上门对子，爹要去请祖先、请家谱，我则屁颠屁颠地在后边跟着。请祖先是要到祖坟去，在墓地边烧上纸，爹则念叨几遍："过年了，请列祖列宗回家过年！"然后磕三个头，待纸烧完便往家走。到家后在先人的牌位前摆上贡、点上香，拜上两拜。然后，爹便与家族的长辈一起去请家谱，把家谱悬挂在事先找好的比较空闲的房子中堂，摆贡、上香祭拜。

年三十晚上要吃饺子，下饺子时要放鞭炮。爹把鞭炮交给我和弟弟，我们把鞭炮的一头拴在长竿子一头，弟弟负责举竿子，我负责点。年三十的鞭炮一般比较短，也就二三十个头。娘烧好水，准备下饺子时会说："放吧！"我便迅速地从锅底下抽出一根柴火棒，跑到院子里点鞭炮。随着噼啪声，鞭炮炸响，娘在厨房里也把水饺下到锅里。

有时鞭炮因质量较差，部分"截捻"不响，我和弟弟则满院子里找。找到捻长的则接着点放，捻短的则放进口袋。看到未炸的鞭炮不要急于用手去捡，先用脚在地上搓一搓，防止炸手。我有一年就因为与小朋友抢捡鞭炮而把手炸伤，鞭炮刚抢到手就爆炸了，整个右手掌都肿了起来，疼了好几天。大鞭炮威力很大，能把小手炸烂。

娘包的猪肉馅饺子一出锅，我和弟弟就狼吞虎咽地抢着吃起来，吃了两碗还想吃。娘说："不能吃了，别撑着！""啥味，好吃不？""好吃！"我和弟弟异口同声，只知道香，哪顾得上品尝，那时候一年四季也就是过春节才吃上肉，"馋虫"在肚子里直窜，哪还顾得上其他。

放下碗，我俩便寻着鞭炮的响声，到邻居家捡拾鞭炮了。一晚上也有很大的收获，有时能捡上几十个甚至上百个。有捻子的，我们小朋友就比着放，没有捻子的，把一头剥开，放在地上"呲花"。不管捡多少，也基本过不了夜，不长时间也就全部"解决"了。

我们小孩子玩到半夜也就去睡了，大人们则不睡，娘要包好第二天的水饺（早上、晚上都要吃），更主要的是要守夜，说是一夜不睡能保持一年的清醒。娘还要把全家人的新衣服准备好，一一摆放在各自的床头上。我的所谓新衣服其实只有棉鞋是新的，其他则是在平时穿的棉衣、棉裤外面套上一件洗过、浆过的由我哥的衣服改的外套而已，老三亦然，穿的是我穿过的，倒是很多时候没有补丁。

大年初一早晨，天还很黑，娘就叫我们起床："快起来，下饺子，放鞭炮了！"说着递给我们一人一张崭新的二角毛票，让我们"压岁"。我们接过钱分别小心地把钱放进内衣的口袋里，然后在棉袄外边再使劲地拍一拍。"这是'压岁钱'，不能乱花啊！"娘叮嘱说。

初一早上的水饺是素馅的，意味着一年的"素静"。我和弟弟很不高兴，要吃肉馅的，娘是绝对不会答应的。为了讨个好彩头，娘会包上几个带糖的水饺，有几个水饺馅里边放上一枚一分的硬币。谁吃到糖的，预示着会一年里甜蜜；谁吃到硬币，新年里会发财。

　　吃过饭大人们男的一拨、女的一拨分别到近门磕头去了。我们小孩子则满大街疯跑。等我到了十一二岁，爹不让跑了，让我跟他去给长辈拜年。到各家拜年前，要先到家谱前磕头，之后才能到近门爷爷奶奶家。爷爷奶奶也早已坐在了自家的堂屋，等着给他们磕头的人上门。爹在前边领着，走到堂屋门口便喊："二叔、二婶，我们给您磕头了！"我们小孩子则在后边喊："二爷爷、二奶奶，我们给您磕头了！"爷爷奶奶则站起来说："一来就是头，别磕了！"他虽然这么说，却不伸手去拉，任由我们跪下来磕。我们磕完一家再去另一家，大街上来来回回能碰上好几拨磕头的队伍，有的还打几个照面。磕完头，天才刚刚大亮，我也成了自由人，便去找几个同学玩。

　　中午饭很简单，但我印象很深。白菜、粉条、五花肉用大锅一炖，吃起来非常香。现在饭店做出来的，我无论如何也吃不出那时的味道。菜是每人一碗，娘盛好了的，因为每人只能一片五花肉。也许是娘和姐不舍得吃，也许是真的怕油腻，她们总是把肥的部分分给我和弟弟，而我和弟弟即使多吃"一份"，也不够解馋，往往向锅里多看几眼。

　　初二是回娘家的日子，也是我们最开心的一天。不仅姥娘、妗子可以给压岁钱，更主要的是中午可以吃一顿好的。初二早饭后，娘收拾好礼品，一个大花糕是给姥娘的，三份香油果子（油条）是给三个妗子的。由我们分别拿着，一蹦三跳地向五里路远的姥娘家走去。香油果子虽然包得很严，但散发出的香味仍时时勾引着我们肚子里的馋虫，于是我们走几步就把香油果子放在鼻子上闻一闻，深深地吸几口气，咽几口唾沫。也许那时的馋虫还在，至今油条仍是我的所爱，却吃不出以前的味道。

初三到初十是走亲戚的日子，我家亲戚不多，也就去一下姑家、姨家，姑奶奶、姨姥娘是父辈们去的，爹也不带我们去。

正月十五是过年的最后一天，家家户户张灯结彩，闹元宵，小孩子们点着蜡烛或打着灯笼满大街跑，大人们也走上街头，三三两两地聚在一起拉家常。蹿天猴时不时在空中炸响，每个生产队都准备了烟火，比着放。我们一会儿跑到村南，一会儿跑到村东。最后玩碰灯，灯笼要全部烧光，烧掉一切烦恼和不顺心，预示辞旧迎新，来年吉祥。

时隔多年，一些旧事往往都已淡忘，但儿时过年的情景却永远地留在了心中。

新权当兵

咚咚锵，咚咚锵，咚锵，咚锵，咚咚锵……从大队部方向传来锣鼓声。正在街上玩耍的我们闻声向大队部跑去，心想：刚过完春节，这时候敲锣打鼓肯定有热闹可看。

等我们赶到大队部门前，那里已围了很多人。我们从人缝中钻进去，只见几个年轻力壮的青年正起劲地敲锣打鼓，看情形也与平时的过节没什么两样。我感到好奇，转着圈地东瞧瞧西看看，发现站在我旁边的是我们生产小队的队长要东叔。"要东叔，这是干啥咪？""新权要当兵走了！""新权？哪个新权？""支书张来情的大儿子！"旁边的人说。"咋不见人呢？"我又问。"还没来呢！在家换衣服呢！"

那一年是 1975 年，人们对能够当上兵的适龄青年，那是十分羡慕的。尽管我们村在张营公社是数得着的大村，有三千多人，可也是连续几年没有当兵的了。虽然适龄青年年年踊跃报名，积极参加体检，但很少有能过政审这一关的。

那时候，谁要有一件绿军装上衣或一顶绿军帽，那是十分牛气的。把绿军装上衣别上毛主席像，扎上外腰带，就成了毛主席的好战士，既表示对毛主席的无限忠诚，又显得非常威武，就连走路都非常神气。

娘的堂弟二郎舅当兵探家，给我哥捎回一顶军帽。我哥的同学听说后，天天都到我家找他，把我家的门槛都快要踩烂了，一个个抢着戴，连我也靠不上边。自从有了军帽，我哥白天戴着，帽不离头，甚至晚上睡觉都要把军帽藏到他的被窝里，我几次伺机"偷取"都没有得手。

大概一个多月后，我终于瞅准了机会。也许是哥放松了警惕，也许是昨晚忙于村团支部开会，睡得太晚，他居然没把军帽藏起来，而是直接放在了他的床头上。我悄悄地拿了便飞也似的跑出了家。哥睡醒起来找不到军帽，急得满屋里翻找。娘见他着急的样子便问："找什么呢？""娘，看到我的军帽了吗？怎么不见了？""小二刚从这屋跑出去，是不是他拿走了？""啊，准是他，看我这回不揍死他！"说着就往外跑。娘在后边喊：

"不要打他，把帽子要回来就行了！"

我拿了军帽，急忙召集小伙伴们到另一个胡同里集合。小伙伴们见我戴着军帽威风凛凛的样子，羡慕得两眼直勾勾地盯着我。我说："今天谁选我当司令，我就让他戴一戴军帽！"大家说："好！"一下子把我围住了。"司令，我先戴！""司令，我先戴！"说着就要伸手向我头上抢帽子。我一把捂住了帽子："不行，听我的命令，站好队一个一个地来！"小伙伴们还真听话，哗地就站队了。只是都想站在第一个，争着往前挤。"不行，都不要挤，按高矮个，我给大家排！"正当我聚精会神地一个一个按高矮个给小伙伴们排队时，咣的一声，我的屁股挨了一脚，头上的军帽也被人一把抓去。我扭头一看是哥，转身就要跑。哥伸手抓住了我的领子："你以后再打我军帽的主意，看我怎么收拾你！"说着他使劲一推，把我推了个趔趄。

"来了！来了！"随着喊声，新权穿着海军军装，胸前挂着一朵大红花，笑着走了过来。这时锣鼓敲得更急了，更响了！民兵连长走上前来，摆摆手示意锣鼓停下来："乡亲们，今天我们在这里隆重欢送张新权同志参军入伍，这是他的光荣，也是我们村的光荣。希望张新权同志到部队上好好干，不辜负家乡父老的期望，提高本领，保卫祖国！"他的话音刚落，锣鼓齐鸣，掌声一片。

"上车！"张新权登上了我们村唯一的50拖拉机。随后拖拉机在锣鼓声中缓缓地向村外驶去。我们小孩也欢蹦乱跳地跟到了村外，并看着拖拉机消失在去城里的道路尽头。

也许就是这样，在我幼小的心灵里埋下了长大要参军入伍的种子。

收　麦

　　从我记事起，我每年都参加收麦。那时无论是学龄前儿童还是高中生，学校都放麦假。麦假大约是在六一前后的几天，假期一般是两周。放了假，我们就加入了生产队的大军，干一些小孩子力所能及的活，也给家里挣点工分。

　　收麦都是抢收，一旦麦子熟了，也就是那几天的事情，否则麦粒就会脱落到地里无法再收起。这时候，农民最怕风雨，一夜风雨后，小麦就可能颗粒无收，所以要男女老少齐上阵，抢收。

　　壮劳力和年轻的妇女负责用镰刀割，老头老太太则负责捆，我们小孩子则一趟一趟地往地头上运，之后由负责运输的再装车拉往打麦场。

　　收麦样样都不是"好活"。往地头运麦子，虽然麦子很轻，但需要把"麦个子"（捆成捆的）抱起来，尖尖的麦芒就扎在身上，走一步扎一下，虽然扎不破皮肤，但是只要是皮肤接触到的地方都被扎得红红的，很痒很痛。我们小孩子嫌热，往往都是上身光溜溜的，只穿一件裤头。如果赶上这块地的麦子得了黑穗病，那身上就会奇痒无比，全身起满红红的疙瘩。加上天热长了痱子，人难受得都想往地上打几个滚。在来来回回运送麦子的过程中，要在一排排麦茬里蹚行。因为人们割麦的时候麦茬有的留得矮，有的留得高。收麦的人走在高的麦茬里边，麦茬会扎脚脖子，往往几趟下来，脚脖子也是血淋淋的。

　　天热，小孩子不愿穿衣服，也不喜欢戴草帽，三五天下来，一个个被晒成了"小黑人"，汗一出油光黑亮的。这还不要紧，经过几天的太阳暴晒，除裤头所遮挡的地方外，所有的皮肤都会晒爆皮，奇痒不说，手一揭，浑身的皮一片片地往下掉。由于每年都要脱几层皮，我们已经习以为常，倒也没人在乎。

　　成捆的麦子被运到打麦场之后，我们小孩子还要跟老年人一起，用耙子在地里搂一遍，把遗留的麦子搂起来，堆成堆，捆起来，然后再送到打麦场。即使搂过，依然有脱落的麦穗遗留在地里，因生产队的麦地比较多，割完这块就紧接着挪到另外一块抢收去了。生产队顾不上再组织人去捡遗留的麦穗，我们就随各自的大人，趁中午吃饭休息的一小会儿，抓紧吃完自己的那份饭（生产队管饭，中午不回家休息），就到地里捡麦穗，捡到的麦穗可以带回自己的家，这是生产队多年默许的。

麦子送到打麦场，便有人把成捆的"麦个子"解开，撒摊在场地上，让太阳暴晒，过一会儿翻一遍，以使麦子晒得均匀、充分，待晒的麦穗焦干，用手轻轻一搓，麦粒能够脱落时，套上牛，拉上轳辘，在麦子上滚，利用石轳辘的重量，把麦子碾轧出来。牛拉着轳辘一圈圈一遍遍地轧，有人在后边不断地翻，使麦秸支起，再轧下去，反复几遍后，抓起一把麦秸看看麦粒是否脱落干净，若不干净还要继续轧。

由于麦子的量比较大，需要打许多场，又怕赶上下雨，所以必须抢收，争分夺秒。歇人歇牛不歇轳辘，人、牛轮流拉。牛拉轳辘，一头牛就可以拉，人拉则要七八个人，否则就拉不动。即使拉动，转得慢，麦子的脱粒效果也不好，要咕噜咕噜地转起来才行。

待麦粒脱落得差不多了，则把麦秸起走，堆放到场地边上。把麦粒连同麦糠一块堆起来，这时候若有微风，生产队长则组织几个壮劳力"扬场"：用木锨铲起麦粒和麦糠，用力向空中扬起，风一吹，麦糠则刮到一边，麦粒直接下落，麦粒、麦糠则分离出来。"扬场"是个技术活，不仅要有力气，而且要掌握扬的高度和方向，还要使麦粒和麦糠在空中散开，使每锨扬出的麦粒落到同一个地方，麦糠要刮到同一个地方，最后麦粒、麦糠各自成"丘"。

一"场"一"场"轧完、"扬"完，麦糠被堆到场边，麦粒则被装袋，运往生产队的仓库。

收完麦粒还要收麦茬，一是把麦茬从地里清理出来，有它在，影响种玉米，到了秋季还影响种小麦，因为它在地里腐烂得很慢，除草、翻耕都很麻烦；二是麦茬是社员生火做饭的主要燃料。生产队的会计领着每户一人，挨地块分麦茬，按抓阄的顺序，一垄一垄地数给每一家。分给谁家，谁就在地头上垒个土堆或插根树枝，以便下次来时容易找到。

收麦茬也不是"好活"，天热，人依然要汗流浃背。一点一点地铲、挖，效率很低，这是我们小孩子的干法。高效的铲法是：把小铲子磨得飞快，安装在一根大约两米的木杆一头，用手推拉杆子另一头，铲子沿麦茬垄的方向，使麦茬下边根系部受推力从而把麦茬铲下来，然后往后一拉再用力往前推，循环往复，一袋烟的工夫就能铲下一片。之后再用耙子把铲出来的麦茬堆成堆，打捆装车拉回家。年龄稍大时，我也经常这样做，只不过没有成年人的力气大，铲一会儿休息一会儿。

小麦颗粒归仓后，除绝大部分交了公粮外，生产队也会分给社员一些，大约每户三五十斤吧！爹去分粮食，都是他一个人背回家，我则一蹦一跳地跟在后边。爹把小麦交给娘，娘则把小麦晒过后倒进我家的缸里，盖好盖，在盖上再加两块砖，防止老鼠钻进去。

有了小麦后，娘会拿出三五斤来到磨坊磨成面，给我们改善生活。她用地瓜面和小麦面做成花卷，在切成条的疙瘩咸菜里打上一个鸡蛋蒸熟让我们吃。小小年纪的我，那时候能吃三四个花卷。

后来，农村的土地被包产到户，虽然人们也去收麦，但都是各家干各家的了，小麦也比以前大幅增产了，娘给我们做的饭也变成了白面馍（馒头），地瓜也由主食变成了副食。

烤蟑螂

济南人都喜欢"吃串",主要是羊肉串,我经常被老乡、战友、同学、同事邀去吃串,但每次都是象征性地吃点,因为吃着吃着我就吃不下去了,甚至有点恶心的感觉。不像他们那样大快朵颐,一口吃一串或大半串,一晚上能吃上百串,甚至吃到很晚了,他们还兴味不减,恋恋不舍,不久再约着去吃。

开始吃串时,我也觉得好吃,很香、味美,但是吃着吃着就会想起小时候吃烤蟑螂的情景。

我小时候隔三岔五就尿一次床,特别是冬天,白天玩得很疯,到了晚上,因为睡得很沉,用娘的话说,雷打到头上也不会醒。沉睡时感觉尿很鼓很鼓,在梦中找地方尿尿,当舒舒服服尿完之后,不一会儿就感觉到屁股下面湿漉漉凉飕飕的,用手一摸,裤子和褥子都湿透了。我在爹的脚头上睡,爹也感到我尿床了,他不是踹我一脚(当然不用太大的劲,否则以爹的劲,能把我踹出三丈远),就是掀开被子朝我屁股一巴掌:"又尿床了,下次把你丢到猪圈去!"爹气哼哼的。娘听到动静,便披衣起来,捧两捧沙土垫在我尿湿的地方,使劲地按上几下,让沙土把尿吸进去,又把沙土抓出去扔在地上,然后再换上些新沙土。这时,褥子不再感到很湿,只是有点凉,我用身体暖暖,也就没有什么感觉了，不一会儿我又进入甜甜的梦乡。第二天，娘把我铺的褥子拿到院子里去晒，晒到中午，娘用一根直径三五公分的木棍，使劲敲打褥子被尿湿的地方。娘说是为了使褥子里的棉绒蓬松，晚上再睡在上边会松软、暖和。下午把褥子收进屋里，铺在床上用被子捂上，白天太阳晒的热乎劲儿，我到晚上睡觉时还能感觉得到。

村里的老人们都说，吃蟑螂可以治疗小孩子尿床，所以不管哪家的小孩子尿床，爹娘们就会抓蟑螂烤给他们吃。当然，我也不例外，娘时不时就烤蟑螂给我吃，这一度引起兄弟姐妹对娘有意见，说"娘偏心眼，好吃的都给小二吃了"。待他们知道真相后，娘给我吃时，他们都躲得远远的。

我们小时候，蟑螂特别多，也很好抓，它跑不快也蹦不高，虽然有翅膀，但很少飞。蟑螂喜欢在厨房觅食，特别是到了晚上，它们会成群结队地出来。娘每次都会很容易地抓到十多只，一个一个地用火钳夹着放到灶膛里烧烤，先是蟑螂的翅膀被火烧着，吱吱地闪着火花，然后把蟑螂放在火灰中不断地翻动，不一会儿就可以从火灰中取出来，吹去粘在蟑螂上边的火灰，一只黄油油、香喷喷的烤蟑螂就呈现在我的面前。待稍冷了，娘就直接把烤蟑螂放进我的嘴里说："赶快吃了，吃了就不尿床了。"

烤熟、烤焦的蟑螂会金灿灿的，吃起来虽有点别味，但嚼在嘴里也有余香，但烤不好、熟不透或不焦时，它的味道就会有让人恶心之感。每次我感到有味时，娘总说："全是肉，在嘴里快嚼几下就咽到肚子里去，别品！"所以，吃烤蟑螂时，我在嘴里先嚼两下，感到焦脆，就在嘴里多嚼一会儿，感到松软或有"汤汁"，我就囫囵吞枣地咽下去。

也许土方真的管用了，随着年龄的增长，我尿床的次数逐渐减少，到了上学后就彻底不尿床了。

赊小鸡

"赊鸡了，赊小鸡！"春暖花开时节，赊鸡人拉着长腔的叫喊声在乡村的大街小巷中飘荡。我们小孩子则闻声跟着赊鸡人的后边跑。

赊鸡人一般是骑着自行车，车后座的两侧绑着几个大竹筐，筐里装满孵出不久的小鸡，唧唧唧地叫个不停，筐的周围用棉被围着，防止乍暖还寒把小鸡冻死。

赊鸡人一般是南方人，说话呜里哇啦的，我们听不懂他们说什么，但不影响赊鸡，只要人们数好鸡的个数，一五一十地用手扒拉着让赊鸡人看一眼就行。谁也不会多数，是多少只就是多少只。数完，赊鸡人在他的小本子上记一下，也不问你姓甚名谁，你把鸡拿走就行了。

选小鸡是一个技术活，那时农村养鸡都是为了让鸡下蛋，选不好有可能选的公鸡多、母鸡少，公鸡养大卖不了几个钱，母鸡养好了则会不断地下蛋，多时有的一天能下两个蛋。所以，赊小鸡时，一般会请懂行的来选。说来也很神，选鸡人在鸡筐里用手一抄，把小鸡在手里轻轻一攥，他就能分出公母，是公的他就直接放进筐里，是母的他就放在带来的篮子里，他选的鸡十有八九都是母鸡。

孵小鸡需要在与母鸡体温相近的温度下进行，大规模孵鸡一般是在扎好的大棚里孵，用柴火或炭烧炕，提升大棚的温度。南方人特别是湖北、湖南孵小鸡的居多，因为春节后的北方还是冰天雪地的时节，南方则已春暖花开，温度已接近孵小鸡的条件，稍作升温即可达到要求。北方人也有去南方孵鸡的，二叔就曾连续多年没过完正月就去南方了，一般是与南方人合作，南方人提供地方、设备等，二叔属于带技术入股，他负责确保孵化率。所以，二叔如果能在家，街坊邻居都请他选小鸡。

　　赊小鸡、赊小鸭、赊小鹅就是你把它们先拿回家去养，待到年底春节前，赊鸡（鸭、鹅）的人再来收钱。他来到村里叫喊上几嗓子："赊鸡了，赊小鸡！"赊过他鸡的农户便会走出家门。"俺赊了十只，死了两只，给你钱！""俺赊了十五只，死了三只，给你钱！"赊鸡人便看一眼账本，接过钱，粗略地数一下，他知道人们也不会少他的钱。

　　死了的小鸡是不给钱的，也许是这行当的规矩。农户们也不会撒谎，成活了多少就是多少，按成活数给钱。小鸡还算是泼辣的，用心照顾一般不会死。但也有患病的，多数患病的小鸡是因为在大棚中时热得上火，被领回家也不进食，屁股上逐渐结渣，不几天就会死亡。

　　那时候人虽然穷，但都很"实诚"，从没有听说过因为赊小鸡差错而争执的。

捉蜻蜓

捉蜻蜓是我们小时候常玩的项目。

蜻蜓最喜欢停在小溪边的草秆上或者是池塘里的荷叶上。因为早上蜻蜓的翅膀沾有露水，蜻蜓飞不动，只有等到太阳升起后，待翅膀上的露水晒干才能自由地飞翔。蜻蜓有一对大眼睛，能看到各个方向的物体（长大后才知道，那是一对复眼）；有两对平直透明的翅膀，稍微一振动就会飞得很远、很高，一条长长的尾巴非常娇美。它们的身体有通体红色的，有黑黄相间、绿蓝相融的，大人们非常喜爱它们，我们小孩子更不例外。蜻蜓的眼睛非常敏锐，只要发现附近稍有动静，它就会轻摇翅膀，眨眼的工夫就飞出好远。因此，捉蜻蜓非常能考验一个人的耐力和静止的功夫，你必须屏住呼吸，提前站在它喜欢停立的草秆边，而且把手伸到草秆尖附近，像一座雕塑一样一动也不能动。当蜻蜓确认站在草秆边上的是一个不会动的物体，对它构不成威胁后，它才飞过来停留在草秆尖上。这时你的手指就可以用它不能发觉的极慢速度向它的尾巴靠过去。待张开的手指几乎就要接触到蜻蜓的尾巴时，以迅雷不及掩耳之势夹住蜻蜓的尾巴，这时手的力度不能太大，太大会捏坏蜻蜓的尾巴，让它受伤，用力太小，蜻蜓就会挣脱。再捉，需要换个地方重新摆"姿势"。

捉蜻蜓最有趣的方法，是我们躲在草丛中，或藏在麦秸垛、柴火堆里，把手伸出来，竖起两根手指一动不动，使蜻蜓以为手指是两根草棒，就停留在手指上，这时一只活生生的蜻蜓就被捉住了。

　　要大量捕捉蜻蜓，我们就用扫帚拍打。扫帚用很细的竹梢做成，柔软、面积大，只要举着扫帚等蜻蜓飞近，使劲把扫帚往地上拍去，蜻蜓十有八九难以逃脱。这时，稍用劲按着扫帚，由把开始顺着摸到前端，找到蜻蜓，捏着它的尾巴，轻轻地从扫帚梢下取出。不出一个小时，我们就可以捉到十几只或几十只。

听老人讲，蜻蜓是益虫，专吃蚊子、苍蝇。所以，我们捉到蜻蜓后不会把它们弄死，一是把它们放到我们床上的蚊帐里，让它们吃钻进破旧蚊帐的蚊子，看它们在蚊帐中没头没脑地乱飞，也许它们也是在寻找破洞想飞出去吧；再就是在蜻蜓的尾巴上拴一根长长的彩绳让它飞，我们则跟在它的后边追，看蜻蜓在空中飞翔。蜻蜓负重飞行，很快就会累了，找一个草尖落下，我们就赶过去抓住绳子，把绳子解下来，让它回归自然，还它自由。

捉蜻蜓、玩蜻蜓难免会弄死几只。听人说，蜻蜓和蚂蚱一样，烤烤也很好吃。在那"一根蚂蚱腿能喝二两酒"的年代，我们能吃上几只蚂蚱、几只蜻蜓已是一种奢望。所以，当看到蜻蜓死了后，我们也忘了老人的教诲，生把火就把蜻蜓烤着吃了，也从不敢告诉老人。

我们看蜻蜓飞舞，捉蜻蜓玩耍，乐此不疲，如痴如醉。就连大人几次催我们回家吃饭，我们也顾不上，个个都成了"小神仙"，全然忘了饿的滋味。

看电影

我记不得第一次看电影是什么时候了，但那个时期看过的电影名多数还记忆犹新，如《侦察兵》《渡江侦察记》《地雷战》《地道战》《闪闪的红星》《小兵张嘎》等。

那时候每个公社都有放映队，放映队在县里领回片子，就在公社所辖村里巡回放映。放映队到了村里，由村干部接待，并给安排好晚饭，确保电影准时放映。放映场地一般是在大队部前面的广场上，有特殊情况时会选择就近的打麦场。在开饭前，他们先布置好放电影的设备，如立起挂屏幕的杆子，把屏幕挂上，再把放映机摆放好，在屏幕的两侧支起两个大音箱，然后与发电机连上线，待放映前天微黑的时候试一下"镜头"，确保投影不大不小地放映到屏幕上。

农村很少有娱乐活动，一两个月能看场电影是人们的最大享受。因此，村里一有电影，几乎全村人都出动，都拥到放电影的广场上，除了身有疾病不能动弹的。唯有这一天，村里开晚饭的时间高度统一，都怕吃晚了，赶不上电影放映，有的人家会稍微提前，绝不会拖后。

为了抢占看电影的最佳位置，我们小孩子就会早早地把家里的凳子悉数搬到放电影的广场上去，有长凳子绝不搬小凳子，实在来不及回家搬凳子，也要提前过去，在地上画上圈，在圈里放几块碎砖头，表示有人占了，然后再回家搬凳子或吃过晚饭来时一块把凳子搬来。那时的人们也都讲规矩，不论大人还是小孩儿，只要看到有人在地上画了圈，放了东西，就证明这里已有人占，就不再去抢这个地方，很自觉地在旁边或前或后或左或右接着摆放自己家的凳子。

　　放电影有时赶上农忙时节，大人们是不会因为一场电影而放弃一点庄稼的，一家人往往在地里干活到天黑才往家里走，我要早回家去占地方，爹娘也不允许。在他们看来，小孩子虽然干得少，但是能多干一点也会增加家里的收入。我急得心里直冒火，但也没有办法，急盼着爹娘能早一点回家。天黑了，为了快一点回家，我就主动帮爹拉车，他驾车，我在旁边用一根绳子套在肩膀上，使出浑身力气往前拉。由于路不平，坑坑洼洼的，车走着走着就会被硌一下，我拉紧的绳子就会把我狠狠地拖一下。我几次差点摔倒，也全然不顾，一门心思地往前走。好不容易到了家，趁爹精力都在卸车上，我悄无声息地溜出了家门，撒丫子就往电影场跑去。

　　待我赶到，电影已经开始放映，广场上或坐或站已有不少人。到里边挤不进去，在外边由于个子矮看不到屏幕，急得我围着广场直转圈儿。待我转到屏幕后时，那里已有三五个人，抬着头两眼盯着屏幕，我抬头一看："啊，原来屏幕后边也能看！"那时候不知道从屏幕后看和前边不一样，屏幕的前后完全是反向的，直到后来我才明白。

　　那时为了早看上新片子，听说邻村小屯要放电影，我们几个小孩就瞒着大人跑去，因为去得晚，前边无法看，我们就跑到后边看。到了第二天在我们村放映时，我早早地在广场上占了个好地方，电影开演了，我越看越觉得不对劲儿，片子都是一个，怎么和昨天看的不一样，电影中的人昨天是向左走，怎么今天向右走了呢？

电影太好看了，为了看电影，我们往往会跟着放映队跑，昨天在东边的村，今天在本村，明天在南边的村，后天在西边的村，大后天在北边的村。一部电影我们要看好几遍，我们村周围方圆五里内的村，我们都去过，去张营、小屯、黄垓、周垓、王沙湾、八里庄、小民屯等都是轻车熟路。邻村的树我们爬过，邻村的房顶我们蹬过，邻村的墙头我们也骑过，甚至放电影场地周边的麦秸垛、柴火堆我们都上过。我们这些调皮行为会遭到村民的反感，有时我们刚刚坐稳，电影还没看上几眼，就有村民拿着杆子要我们下来。这时你要赶快下来，否则他真的会用杆子捅你，他不怕把你捅伤或把你捅下来摔伤，无奈我们只好打游击。后来，这事被爹知道了，把我好一顿熊："你蹬高爬梯的，不怕摔了自己，人家还怕你把人家房屋、麦秸垛踩塌了。以后不许再到外村去看电影。"但是，电影的诱惑还是使我们不断地往外村跑。

有一次，我家吃饭晚，就在我喝稀粥的时候，小伙伴们去村西八里庄看电影，路过我们家，大声地向我使暗号："走了走了！"我心里明白，正在低头喝粥的我斜眼看看爹，见他没反应，我就加快了喝粥的速度，结果粥还很热，一口喝下去，烫得我从嗓子到胃都火辣辣地疼，不由自主地张大嘴往外哈气。"有啥急事喝那么快！"爹的吼声吓了我一大跳，我以为爹发现了我的心思，会控制我不能外出。结果爹吼完再没有动静，我便站起来，端着碗走到屋外面，见水桶里有水，便把碗放到水桶里，用手托着，不让水进到碗里，"冰"了一会儿我再喝，还是烫。这时猪圈里的猪"哼"了一声，我灵机一动，走到猪圈旁，把粥倒进了猪食槽里。我不紧不慢地走到厨房，放下碗，慢慢地向屋外移，我斜眼看看爹，爹还在转着碗咪溜咪溜地喝粥，我逐渐加快向外移动的速度，待确认离开了爹的视线，我快速地冲出院门。

此时，小伙伴们早已走远，但我还是想去看电影，我就加速向八里庄方向飞跑。为了尽快与小伙伴们汇合，我决定从庄稼地

中直插过去。还好当天有月亮，我能够辨明方向不迷路。走在齐腰深的麦地里，深一脚浅一脚，带着麦子沙沙作响。由于只顾跑了，没有看清前边的路，一个坟堆把我狠狠地绊倒了，我刚好趴在了坟头上，顿时吓得我出了一身冷汗。我顾不了那么多，爬起来继续跑，但是我身后突然传来一种声音，我走它就响，我停它就停，我跑得急它就响得急，我走得慢它就响得慢，似乎我后边有什么东西在追我。我的心怦怦跳，难道刚才坟头里的鬼让我给惊出来了？我向四周望去，别说有个人影，就连鸟叫狗吠都没有。无奈，我只能硬着头皮往前跑，好在到八里庄只有三里地，虽然我感觉跑得慢，还是在月光的映衬下看到了村庄，我的心也静了下来，奔跑的速度也更快了。

电影中的故事和人物，是我们小伙伴玩游戏的参照，模仿成了必然的内容。我们模仿《侦察兵》进行侦察，模仿《地道战》经常钻柴火垛，特别是看了《小兵张嘎》后，我们也想成为小兵张嘎那样的英雄。小伙伴们纷纷"自制手枪"，不几天人人腰里都别上了与小兵张嘎类似的"手枪"。从此，"打仗"的游戏就成了我们每天必玩的项目，或三五个人或十几个人，分成两拨，轮流扮演，一拨演八路军或解放军，另一拨演日军或国军，分正反两种角色，在村外开展"阻击战"，在村内开展"巷战"，你攻我防，互有胜负。在沙土堆打沙仗，往往双方都成了刚出土的"兵马俑"。我们玩得很疯，以至于睡着了嘴里还不断地喊叫："冲啊！杀啊！"害得爹也睡不着，这时我的屁股上就会挨上一脚。

也许是从小就受到了诸多的红色教育，机缘巧合，我在1978年参军入伍，随部队参加了对越自卫反击战，并在战斗中荣立二等功。

看 戏

小时候，我们村里有个戏班，演员都是本村的村民，道具也是村里置办的。冬天农闲时，他们就排练，到春节前后开始演出。演出的节目一般都是样板戏，也兼有部分古装戏，如《打金枝》《包龙图》《铡美案》等，演得最多的就是《白毛女》《红灯记》《沙家浜》《智取威虎山》，还有一些抗日剧，只不过不是京剧，都是以当地梆子戏的形式表演的。

村里有戏，十里八乡的人们也都赶过来看，我们村很是热闹。为此，有人还专门跑到亲戚家去叫他们来看戏，以显得热情。我家里也有亲戚住过来，因为房子小，我就跟着爹住进厨房里，把烧锅的柴火在灶旁一铺就成了床，第二天再把柴火抱到院子里。

戏台子被搭建在大队部广场上偏东北的一角，后边靠着一幢大约三间的房子，作为演员化妆、候场的地方，戏台与它之间垒有台阶，便于演员上下出入。戏台其他三个面都是用土堆堆起来的，每年临唱戏时重修一遍。春、夏、秋三季戏台被闲置时往往成了我们小孩子的阵地，我们会在上边玩各种游戏。

看戏的人很多，里三层外三层，几乎占满了整个广场，前边的人坐在凳子上，后边的人则站在凳子上，一个个都全神贯注地听戏。我们小孩子看戏不像看电影一样规规矩矩坐在那,听不懂戏中的"咿咿呀呀",就在场地中乱跑,一会儿跑到戏台子下边,趴在台子边上看一会儿,一会儿又从大人坐的凳子下边钻出去,有时还被大人不小心踩着、踢着,尽管我们疼得龇牙咧嘴,也不敢叫喊,否则影响大人们听戏,会招来一阵呵斥。

有一些戏的剧情很好玩。大孩和锁子是亲兄弟,都在戏班,大孩演的多是正面人物,锁子演的多是反面人物。在一出戏中兄弟俩"打"了起来,演鬼子小队长的锁子把演八路军的大孩抓了起来,给他上刑,还要枪毙他。我们在下边看了觉得很好玩,情不自禁地叫喊了起来。"滚,快滚!小屁孩懂什

么？"我们被旁边的大人训骂了一顿。

丽丽姐真厉害，平时少言寡语的她，到了戏台子上像是换了个人似的，唱得有板有眼。在古装戏中，她把身段拿捏得很是到位。凤秋也不简单，一个十岁左右的小姑娘，在多出戏中都扮演角色，唱得还有模有样。二叔的二胡拉得也不赖，在戏台子上摇头晃脑、微闭着双眼拉得那个投入，如痴如醉。庆忠大叔更是了得，在戏中扮演地主的大管家，演得惟妙惟肖，以至于落了个"大管家"的外号，在以后的很长一段时间内，人们都忘了他的大名，现在他近八十岁了，还有人叫他"大管家"。

四邻八乡都来看戏，不能说拖家带口，大人们至少要带一两个半大不小的孩子来，小孩子也不认生，一被大人带到地方，孩子就跑了，以至于几十个上百个孩子就汇聚到了一起，成了戏场外的一道风景。有些人就看到了商机，有本村的，也有外村的，不是摆上了花生摊，就是置上了瓜子铺（葵花子、西瓜子、南瓜子等），有的用小车贩运来"甜秫秸"（含糖量高的高粱秸，那时北方还没有甘蔗），有的则扛着山楂串儿（冰糖葫芦），在戏场的周围叫卖。这些都是奢侈品，我们平时是难以看到的，只有春节期间才有可能吃上。

剧目转换期间，演员们要休息一会儿。

"卖花生了，又脆又香的炒花生！""卖瓜子了，喷喷香的葵花籽！""甜秫秸，甜似蜜！""山楂串，又甜又面的山楂串！"此起彼伏的叫卖声，勾引着孩子们肚子里的"馋虫"乱窜。孩子们不由自主地靠了上去，两眼直勾勾地看着食物，手指不自觉地放到了嘴边，喉咙里使劲地往下咽着唾沫。片刻，就会有小孩离开，跑去找正在看戏的自家大人，有的大人"拗"不过孩子的磨叽，就给孩子买一点便宜的东西。一般是瓜子，同样的钱买的瓜子数量多，其次是花生。有的孩子非要山楂串，大人没办法时也给买，一来他（她）急着去看戏，二来又是春节期间，大人会倾向于满足孩子的愿望。有大人怕影响自己看戏，便从口袋里掏出钱，点出一两毛塞到孩子手里："去吧，去吧，想买啥就买啥，省着点儿吃，别再来要了啊！"小孩子接过钱，就噌地一下跑到了小摊前，也不管是一毛还是两毛，全都给了摊主，急巴巴地伸手去接摊主递过来的东西。我是不敢去向爹娘要钱的，我知道即使我去要，他们也不会给，因为我的兄弟姐妹多，一人一毛也是不小的开支。无奈，我就在那里转悠，见谁买了，就靠过去看。赶上大方的大人，他（她）会在给他（她）孩子东西的同时，也会给我几个瓜子或花生，我接过东西也不吱声，只是龇牙一笑，算是表示感谢。他们买山楂串和甜秫秸，我是不会靠近的，我知道它们贵，同样的钱买不了多少，大人们也不会分给我。

人家给的葵花子或花生，我是不会一次吃完的。我将花生剥去皮，先吃外边的"红衣裳"，细细地嚼，慢慢地咽，尽管它不像花生仁那样好吃，但它带有炒花生的余香。吃完"红衣裳"，我再把花生仁分成两瓣，在一瓣上咬去三分之一，含在嘴里一阵子，再慢慢地用牙齿一点一点往下咬，这样花生的香在我嘴里就会"经久不衰"。

好几年我都盼着过年，盼着村里唱戏，盼着大人们去看戏。

后来渐渐地，随着大家生活节奏加快，我们村的戏班也停止了唱戏。

看电视

我们村有电视机,那还是在 20 世纪 80 年代初。实行家庭联产承包责任制不久,村民的口袋才慢慢鼓了起来,相应地,村里也有了些钱,村委会就花钱买了一台黑白电视机,这下子轰动了整个村子。电视机买来的当天晚上,村民们像看电影一样,早早地吃过晚饭来到村委会,有消息灵通的还在有利位置占了座位。

电视机装在一个纸箱里,被人抬到废弃戏台子上的桌子上,居高临下,使较远的人也能看到。电视机旁立起一根四五米高的杆子,杆子上面绑着像树枝杈样的东西,据说是电视机的天线,天线的一头连在电视机上。打开开关,电视机就哧哧地响起来,屏幕一会儿像雪花一样地闪,一会儿又成了白条条,一遍一遍地滚动。电视机管理员(只有他一人可以动电视机,别人是不能随便动的)不停地转动电视机上的旋钮,还不停地指挥人转动电视天线。捣鼓了半天,方弄出个人影,还不清晰。下边的观众议论纷纷,有的说:"买了个坏的!"有的说:"距城里太远!"有些人不耐烦陆续走了,留下的人也唉声叹气。直到晚上十点多,电视信号才稳定下来。后来,村委会把电视机天线架到房顶上,人们才看上较为清晰的电视画面。

因为看电视,人们还闹了些笑话。人们以为可以像看电影一样,在前面看不清,就转到屏幕后边去,结果什么都看不见,有的还上去拍一拍,一脸的疑惑。

随着社会的发展,科技的进步,人们不仅能看上彩电,而且可以看高清电视,还可无线上网。但是,随着手机功能越来越强大,人们越来越离不开手机,电视机也有了退居二线的趋势。

推碾拉磨

我小时候，人们去推碾拉磨是常有的事，大概一周的时间就要做一次，一次就是一晌或白天到半夜，因为我家人口多，娘要准备一周的用度，就必须先推碾后拉磨，把粮食变成面粉。

碾，又叫石碾子，由碾台、碾盘、碾磙和碾架组成。碾盘中心设竖轴，连着碾架，架子中装碾磙子，架子四角中的两角留有插棍子的孔，推碾时把棍子插进去，用架子别住，人用力推棍子，碾磙滚动，达到碾压加工粮食的目的。

磨是用人力或畜力把粮食去皮或研磨成粉末的石制工具，由两块尺寸相同的短圆柱形石块和一个大磨盘构成。一般是架在石头或土坯等搭成的台子上，接面粉用的石制或木制的磨盘上垒着磨的下扇（不动盘，要固定好）和上扇（转动盘）。两扇磨的接触面上都錾有排列整齐的磨齿，用以磨碎粮食。上扇有两个磨眼，供漏下粮食用。两扇磨之间有磨脐子（铁轴），也是转动上扇的轴承，以防止上扇在转动时从下扇上掉下来。

拉磨前往往先推碾，除非用纯粮食磨面粉，如大豆、高粱、玉米等颗粒状的粮食，可以直接拿到磨上磨。像地瓜干等，由于块头较大，从磨眼中漏不下去，人们就要把地瓜干用碾碾碎后再拿到磨上磨。推碾前，娘会提前把地瓜干从粮囤中取出，放在太阳下晒，使地瓜干变得干脆，碾压时易碎。石碾一般都安装在村里露天的空场地上。由于我们村子大，人口多，每隔不远就有一台石碾，我们去时基本上不用排队。我们把工具和地瓜干拿去，把地瓜干倒在碾盘上，不能多也不能少，多了地瓜干会乱飞，少了就相当于空推，尽量让碾磙全部能够轧住。推上一阵子，娘用簸箕将碾碎的地瓜干取走，用细罗筛过一遍，把还是比较大块的地瓜干再次倒在碾盘上，同时再续上一部分新的，如此反复多次，直到把所有的地瓜干碾成较小的颗粒为止。

我们把地瓜干碾压好后，就接着去有磨的人家拉磨。磨一般都安装在农户家里一个比较闲置的房子里，因为怕刮风下雨。拉磨前，一般都提前给主家说一声，何时来磨，磨多长时间，因为别的邻居也可能去磨，便于主家安排。娘先把粮食（有时是地瓜干，里面要掺一些大豆、高粱、玉米之类）倒在上层的磨上，我在前面拉，娘和姐在后面推。磨转动后，娘还要时不时地腾出一只手来，一会儿推一推上边的粮食，使它们能够顺利地从磨眼漏下，一会儿扒一扒从磨中掉出的碎粮食。待这一磨磨得较碎后，我们就停下来，我和姐休息，娘则用细罗筛面，能够漏下罗的便是面粉，漏不下去的，娘再倒到磨上，再磨一遍，在磨第二遍时，娘再增加点新的，一圈又一圈，一遍又一遍，直到过完罗后，罗上剩下的粗颗粒粮食所剩无几时，才算磨完了面。

推碾拉磨非常辛苦，许多圈转下来，头晕眼花，汗流浃背不说，往往饥肠辘辘，更主要的是很无聊。我正是贪玩的年龄，被拴在碾、磨道里，有时候也会像一头小毛驴一样"尥蹶子"，除了嘟囔外，还几度想跑掉。那时候还不知体谅大人的辛苦，特别是娘的辛苦，她除正常参加生产队的劳动外，一日三餐都是她做，还要给我们做衣服，娘每天睡得最晚，起得最早。特别是推碾拉磨的活没有她不行，我们都小，有时候都是她一人去做。因为爹有个毛病，不能转圈，一转圈就晕，帮不了娘的忙，我和姐稍大些，娘就让我们帮着干。我因为不想干，就想方设法躲避，有时候放学回家怕娘叫我去推碾拉磨，就不进堂屋门，把书包往院子里草垛旁一丢，或背起粪箕子下地割草或跑出去玩。除非很饿，要到堂屋去找剩干粮，这才进堂屋门。

直到20世纪80年代，我们村才有了电磨，稍多一点的粮食都到电磨上去磨成面粉，有少量的如磨小米面，还是娘自己磨。后来娘落下了腿痛的毛病，我接她到济南治疗，她上下我家的楼梯都非常困难，上楼要一个台阶一个台阶地爬，下楼要坐在地上一个台阶一个台阶地往下滑。我要背她，她坚决不肯。她说："我身体重，你背不好，再把我摔了咋办？"我想娘怕摔是假，应该是疼我，怕累着我吧。

再孝顺的儿，又能报答娘的几分恩与爱！

扫 墓

记得上小学时，学校连续三年清明节组织学生到郓城县烈士陵园为烈士扫墓。

我们先是早上7点钟在学校集合，由老师整队后排着整齐的队伍前往烈士陵园。大家胸前戴着事先自己做的小白花。老师告诉我们扫墓是很肃穆的事，不许打闹，也不许大声喧哗。之前，我们也听老师讲过革命先烈的故事，所以，一路上大家都能遵守纪律，静静地跟着队伍走。

从我们村学校到烈士陵园，大约有五六里的路程。快走到烈士陵园时，我们个个都已汗流浃背，男同学们自觉不自觉地解开自己的上衣，甚至露出了光光的肚皮。清明时节，乍暖还寒，早晨与中午温差比较大。早晨我们还穿着过冬的棉衣，如果不搞剧烈活动，中午的热还是可以挨过去的。如果想换下棉衣就只能穿单衣，条件稍好一点的可以穿一件夹袄（两层），但是挡不住早晨、晚上的寒冷。那时候不像现在，冬天过去我们就可以换上毛衣或保暖衬衣。

到达烈士陵园门口，老师整队，要求我们扣好衣服，戴好红领巾，尽管我们头上依然冒着热汗，但还是按照老师的指令整齐地站在那里。其他学校的学生也陆续来到，根据烈士陵园工作人员的安排，我们依次进入陵园。我们被陵园内庄严肃穆的氛围所感染，心情沉重下来。在陵园工作人员的指挥下，所有的学生按纵队依次排列在烈士墓前的广场上。祭扫仪式开始后，先是由各学校敬献花圈（花圈是由陵园准备的），再由各学校的代表朗诵诗歌，然后是我们集体宣誓，最后把我们胸前的小白花献给烈士。献小白花由个人寻找目标，可以走进墓地，把花放在烈士墓前。在献花时我们发现有许多墓碑上没有名字，一开始我们感到纳闷，通过老师的解释，我们才知道他们是无名烈士，是无名英雄。郓城县烈士陵园的烈士都是在解放郓城或在郓城大地上进行革命战斗时牺牲的，为了我们今天的幸福生活抛头颅洒热血，甚至他们家在哪儿，家里还有什么人，这些我们全都不知道，他们牺牲后连个名字也没有留下，这是什么精神？从那时起，革命英雄主义精神深深地扎进了我幼小的心灵。

献花后，我们重新集合，在陵园工作人员的引导下，我们进行了宣誓仪式。之后，陵园工作人员给我们讲了两位先烈英勇战斗的故事。扫墓活动使我明白了我们今天的幸福生活来之不易，是无数革命先烈抛头颅、洒热血换来的，学英雄、做英雄的思想在我幼小的心中扎下了根。

现在郓城县烈士陵园已成为爱国主义教育基地，那里还安葬着我的8名战友，他们是1985年参加对越自卫反击战时牺牲的。每年清明节，郓城的战友都去给他们扫墓，我每次回老家都尽量去看看，以寄托我对他们的哀思。其中鹿兰军、王文建是我比较熟识的，在纪念对越自卫反击战35周年之时，我写了两篇怀念他们的文章。

拾　粪

　　爹教育我们要会过日子，出门都要背粪箕子，说不定能捡回来柴火和人畜粪便。那时候的大人小孩也都是这么做的，特别是老头们，不管什么季节，每天早晨都要早起，背着一个粪箕子，围着村子转一圈。

　　我们小孩子下地割草，虽然一路上打打闹闹，说说笑笑，但每个人眼睛却不闲着，像雷达一样在路的两旁扫描，看是否有柴火和人畜粪便。一旦发现目标，就会快速奔过去，有时几个人会同时奔向同一个目标，争抢起来，都说是自己先发现的。实在不好确认是谁先发现的，则将目标分解，一人一份。若是干的粪便，就直接铲进粪箕子里去。若是湿的粪便，则在粪便周围画上一个圈，这样别人看到也不会再拾去，待割完草回家再拿工具去拾。

　　在地里割草，如果赶上有了大、小便，第一个想到的是自家的自留地，离得近则会跑到地里，挖个坑解决，之后用土掩埋，离得远则会就地解决，然后用土盖上，待过两天干了以后，割草时再拾进自己的粪箕子里。

　　那时候没有化肥，即使后来有了，人们也不愿意花钱，所以家家都在猪圈旁挖一个粪坑用来积肥，就是俗称的农家肥。把粪坑内放进水，除把家人和牲畜的粪便以及捡拾来的粪便都往里倒外，还要每一两天就向坑里撒一些土，使它们混合发酵。等坑快要填平了，发酵也完成了，便成了很好的肥料。之后从坑里挖出运到自留地里，将地翻耕后种植庄稼。这样积肥，一年大概能出两坑，基本满足了自留地的肥料需求。

人们不仅捡拾粪便，还会把尿液收集起来。人们睡觉前第一件事是到院子取尿罐、尿盆，放在自己的床前，待需要时用盆接了后倒进尿罐。第二天起床后，再把尿罐、尿盆从屋里拿到院子里，把尿倒到粪坑里。有的人为了提高尿的肥料作用，把尿液倒进一个较大的罐里，在太阳下晒上几天，待发酵好后，再挑到自留地浇在庄稼上。

现在的农家没有谁积肥了，都使劲地往地里施化肥，庄稼是长得好了，产量也大幅提高了，但是粮食不再香，瓜果不再甜。是得是失？！

小曾杀猪

上小学时，学校经常请老红军、老八路给我们讲长征的故事、抗日的故事。我现在已记不清是谁给讲的了，也记不清讲了多少次，但唯独对"小曾杀猪"的故事记忆犹新。也许是都姓曾的缘故，故事中，老八路一说"小曾"，我就激动。到后来，每每有人叫我"小曾"，我都会想起"小曾杀猪"的故事。

抗日战争时期，有一年临近春节，小曾东躲西藏养了七八个月的猪，好不容易长到七八十斤。小曾想：再养目标太大，很容易被进村的鬼子捉去。干脆杀了，一方面可以卖点钱，另一方面可以让乡亲们过年沾点肉腥。这一天，小曾烧好水，给猪放了血，燂去猪毛，正想把猪开膛破肚。突然，有人从村口跑来："鬼子来了！"围观的人一听，立马向村的另一头跑去，只剩下小曾守着他的杀猪摊子。他想跑又舍不得他的猪肉，正在他犹豫时，两名端着刺刀的鬼子跑了过来，走近小曾，用刺刀抵住他："八路的干活？"小曾开始有些害怕，他见只有两名鬼子，于是就低头弯腰地讨好鬼子说："太君好，我不是八路的干活！"鬼子看到白花花的猪肉，顿时脸上笑开了花："猪肉的，咪西咪西！""好好好，猪肉的，咪西咪西！"小曾应付着，竖耳一听村里其他地方没有什么动静，连鸡飞狗跳的声音都没有，他估计这两名鬼子是自己跑出来找东西的。他立马放松下来，一边应付鬼子，一边想办法脱身。当鬼子要他割猪肉时，他颠了颠手中的杀猪刀，顿时计上心来。"太君，这个好！"他指了指猪头。鬼子摇摇头，他又指了指猪尾巴，鬼子还是摇头。"太君，靠近点，想要哪个部位，用手指给我。"两名鬼子放松了警惕，把本来端着的上了刺刀的三八大盖收起背在肩上，指着猪大腿上部屁股附近的部位："太君，这个不好不好的。"小曾又指指猪的腰部："太君，这个的好！"鬼子摇摇头，有点着急，两名鬼子一齐靠上去用手按住了猪屁股。这时，说时迟那时快，小曾迅速地用杀猪刀向一名鬼子的胸口捅去，又快速拔出，没等另一名鬼子作出反应，杀猪刀又捅进他的胸膛。两名鬼子应声倒地，蹬蹬腿死了。

躲在村外的村民，见村里好久没有动静，就悄悄地进村探看，发现小曾把俩鬼子杀了，个个都拍手称快。大家帮助小曾找地方把两名鬼子深埋了，把枪支藏了起来。自此，据点的鬼子和伪军因两名鬼子的莫名消失，再也不敢单独或少数人出据点骚扰百姓了。县武工队听到消息，对小曾杀鬼子的英雄壮举给予了表彰。这件事被乡亲们戏称为"小曾杀猪"，在当地广为流传。

我被小曾的事迹所感染，小曾的英雄形象深深地扎根在我幼小的心灵中。我高中毕业后参军，于1985年参加了对越自卫反击战，在"12·2"出击拔点作战中英勇无畏，不怕牺牲，荣立二等功。

道不拾遗

用"道不拾遗、夜不闭户"形容20世纪六七十年代鲁西南农村的民风一点也不为过。

那时候家家户户很穷，差不多都是"一贫如洗"，没有什么贵重的东西可丢，无非是小孩子玩丢了鞋，或大人不小心丢一只手套之类，拾到的人站在大街上可着嗓子一喊："谁家的孩子丢了鞋？"立马就会有人应承，接着走出家门领回。也许是约定俗成，拾粪拾柴的人们，荒郊野地、大街小巷，都去捡拾，但到人家家门口一定范围内的粪和柴草绝对不会去捡拾。如果有人用板车拉柴草漏掉一些，拾粪拾柴人不会等到主家走远再去捡拾，而是告诉主家你的柴草掉了，由主家拾回去。在《拾粪》一文中，我也写过，只要你发现人畜粪便，画个圈走人就行，不管你多长时间回去拾，其他人也不会再打它的主意。

生产队的小麦、玉米等农作物的种子和工具，因当天没能播种完，就地放在那里，尽管当时的人们连吃饱肚子都是问题，但没人去拿，更别说偷了。家家户户晾晒的地瓜干、收割的庄稼，也尽管放心地留在田间。

虽然家家都有院落，但墙头很矮，有的因年久失修，只剩下一个墙垛，大人一迈腿即可跨过。家家也都有大门和房屋门，但大门从来不上锁，有时怕猪、羊跑出去，只是把门掩上，从里面插上门闩，人在外边伸进手去便可以把门打开。房屋门也经常不锁，有必要时锁一下，但钥匙就放在门的下边，伸手便可以摸到。小时候晚上疯玩，有时玩到很晚，大人们都早已睡了，但我家的门每天都给我"留着"，推门便可进去，即便爹娘听到动静，也从来没有问过来者是谁。没有盗，更无须防盗。

有一年，生产队的牛由于疏于管理，也不知道犯了哪门子邪性，自个儿跑了，跑到了十多里以外的一个村，我们村和这个村中间还隔着两个村。生产队长发动社员到处去找，包括我们村周边的村都找遍了，就是没有牛的消息。一连找了半个月，人们也泄气了。饲养员说："平时这头牛，在田里劳作后，放开它的缰绳，它会自己走回村，自己进牛栏。看来这头牛出了意外，但也没听哪里有杀牛的。"正当人们不抱希望时，邻居大叔把牛牵回来了。原来，他去那个村走亲戚，午饭时听亲戚说，他们村老张

头意外地在村口捡了一头牛。他立马去看，就是他们丢失十多天的牛。老张头说，我见牛生疏，知道不是我们村的，怕它再跑我就领了回来，一日三餐地伺候它，连我家仅有的一点玉米面都喂了它，你看牛没问题吧，没问题你就牵走吧！直到邻居大叔把牛牵走，老张头也没提什么要求。生产队长筹集了一些玉米面和一车干草，前去答谢老张头，被老张头拒绝了。好说歹说，老张头只留下了一点玉米面。

补　锅

"补锅了，补锅！"补锅匠隔三岔五就到村里来一趟。他挑着的担子一头挂着一个火炉和煤炭，一头挂着风箱和一些破锅。听到吆喝，家中有锅破了的主妇在院子里喊一声："俺补锅！"补锅匠就会停下来，就近找个空地，支起他的火炉，安上他的风箱，把火生起来。

我家有两口锅，每口锅都有几个大小不等的补丁，听娘说都是这个补锅匠补的。他补锅补得比较好，从来没有脱丁的，补过的地方也没有再破过。两口锅倒替着用，一口坏了，换上另一口，坏了的锅要抓紧补上，因为另一口随时有可能坏。娘补锅时，我见过两次。

补锅匠拿到锅，先是把锅底的锅灰擦去（其实很厚，只不过擦去表面松软的部分），再用水冲洗锅内，接着用干布擦干净，找到锅裂纹处，用纱布擦出白口，擦

净水晾干。如果锅破了一个洞，补锅匠就用小锤从他所带的破锅上敲下一块大小相当的铁块，擦去上边的锈迹，把它放在破洞处，用铁钳子按住，把烧好的铁水浇在铁块周围，再用铁铲子把铁水抹匀、找平，等着铁水冷却。铁水冷却后便与铁块、锅凝结在一起，最后用砂轮打磨一遍，去掉突出的铁刺，用手摸一摸不再拉手为止。"好了！"补锅匠说着把锅递给娘。娘把水倒进锅中，反复试验后，确认锅不再漏水，就把补锅钱递给补锅匠。我记不清是多少钱了。补锅匠客气地说："有吗？没有就算了吧，以后再给也行！"说着他就把钱接了过去，数也不数就放进他的内衣口袋里了。如果是破了一条裂纹，补锅匠则会按照裂纹的长度浇上铁水，用铁铲子抹平，冷却后打磨平，再交给主家。

因为锅里的补丁较多，娘不让别人动锅，她怕别人用锅铲子把补丁铲下来，她每次铲锅饼或刷锅时都小心翼翼的，恐怕哪一下把锅铲漏了。有一次，我和小伙伴在地里割草时捡了一些豆粒，我们都想吃炒豆粒，于是趁大人们在生产队劳动没回家的空当，我们就在我家厨房里，把豆粒撒在锅里，在锅底生起火来。我们小孩子哪会烧锅，就加大柴火的填量，使火烧得很旺，豆粒在锅里噼啪作响，为了不使豆粒炒煳了，我就用铁铲子在锅里使劲搅拌，结果搅拌了没几下，啪地一下铲下来一块补丁，锅底的火苗沿着小孔往上窜，这下可把我吓坏了，也不管豆粒不豆粒了，从水缸里舀出一瓢水泼在锅底下，把火浇灭，我和小伙伴就赶快跑了。

当娘发现锅坏了时，她没吱声，也许怕爹知道后揍我。我回家吃饭时，娘拧了一下我的耳朵："还知道吃饭？！"

磨剪子戗菜刀

"磨剪子来，戗菜刀！"磨刀人拖着长腔走街串巷，和其他做生意的一样，隔一段时间就到村里来一趟。不同的是，他喊出的声音带有韵味，就像一种戏腔，惹得我们小孩子时不时也喊上几嗓子，装模作样地迈着方步在街上走。

磨刀人肩上扛着一条长凳，凳子的一头绑着一大一小两块磨刀石：大的是粗砂石，摸上去有点磨手的感觉；小的是细砂石，摸上去滑溜溜的。凳子的另一头绑着坐垫，在凳子腿的两侧拴着一只篮子或一只小箱子，里边放着一些工具——锤子、钢铲、水刷、水布等。

磨刀人干活时，他劈腿呈骑马式坐在凳子中间，拿过剪子先叭叭剪两下，试一试剪子轴的松紧。若剪子轴松了，他则用锤子在剪子轴上敲几下，直到松紧合适。若剪子轴不松，他则手一翻，把剪子尖对向自己，举到眼前与眼睛齐平，眯起眼睛观察剪子刃的整齐度与厚度，若是剪子刃较厚，他则会先在粗砂石上磨，边磨边用水刷蘸水滴在剪子刃上用来降温，粗砂石"吃"铁很厉害，一般他磨三五下就停下来，放在眼前眯眼看看，把握好磨的进度。若是剪子刃较薄，他就不在粗砂石上磨了，和从粗砂石上磨到一定程度一样，直接在细砂石上磨，感到差不多了，他就用水布擦去剪子上的泥水，用手摸一摸刃口，再把刃口在指甲盖上轻轻地滑一下，若指甲盖上留下一条浅浅的小口，说明剪子磨得差不多了，再拿出布条或绳头，用剪子轻轻剪一下，若布条迎刃而断或绳子头纷纷落下，说明合格了。

　　家里的菜刀用久了就不"快"了，刀口很钝。若直接磨，无论是用细砂石还是粗砂石都要磨很久。这时，需要戗，戗菜刀的工具是一种尺把长的铁杆，中间焊上优质钢刀，磨刀人叫它戗刀。磨刀人也是把刀口朝上，抬与眼睛同高，眯眼看看刀口，先确定刀口的厚度和要戗的宽度，然后，用一根绳子揽住刀把处，把刀平放在凳子上，绳子另一端套在一只脚上，用力向下踩，直到刀不再左右摆动。接着磨刀人两只手各握戗刀柄的一端，将戗刀放在刀的后部，使劲地往前推，戗刀就把刀戗起一层铁皮，戗几下磨刀人很有数。戗完后，他再眯眼看看，是否还要再戗。感觉差不多了，他先在粗砂石磨几下，再在细砂石上磨，然后在手指甲上试。

　　磨刀人很讲究，一般他把剪子或刀都会给你磨得光亮，有锈的地方也一并磨去。若是刀把坏了，他会同时给你修好。至于工钱是否再加，我不记得了。

　　日前爬山，我在山顶喊了一嗓子："磨剪子来，戗菜刀！"声音传到对面山上又传了回来，听着还有点"肉麻"呢！

玩泥巴

在鲁西南有句玩笑话："小屁孩，懂啥，我在做××时，你还在玩泥巴呢！"这句话用来说明你不懂事，你还小。

相信在农村长大的孩子，都玩过泥巴吧？玩泥巴是我们孩童时期不可缺少的一种游戏。除了天寒地冻的冬天，其他时间，随时随地都可以玩，无外乎"低俗"一点，还是"高雅"一点。

"低俗"一点的就是在沙土堆上玩，在沙土上挖一个窝，把自己的尿尿进去，待尿液渗下去后，尿液与沙土形成一个坨，从下边用手掏出，把每个小伙伴的都放在一起，比比谁的大，然后再放在太阳下边晒，看谁的消失得慢。这个不是很好玩，都是即兴"表演"。

"高雅"一点的是我们玩"摔炮"，把胶泥（一种黏土）从胶泥坑中挖出，像大人和面一样，在石板上使劲地揉，使它有了很好的柔韧性，把它做成一个盆状的小窝，小窝底部尽量地用手捏薄，做好后，与其他小伙伴一起，高高地举过头顶，说声"一、二、三"，使劲地往地上摔，泥接触地面发出啪的一声响，小窝的底部就会爆开一个不规则的口子，这时就比谁摔得响，口开得大。不服，就重新开始，做好了再摔，反复多少次。

胶泥坑是老辈人挖的，也不知形成于哪个年代，也许是一代一代人接续挖成，里边的土大多都用作垫宅基地了。本来我们村周边是沙土地，但坑挖得太深了，挖出了老土，老土中夹杂着一些胶泥，大人们挖出后多用来垫粪坑，因为它的透水性差，垫到粪坑中水不易渗漏，便于积肥。由于胶泥的特性，久而久之也成了我们一代又一代人的"玩具"。

女孩子也玩泥巴，她们和泥巴捏泥人、捏牛、捏羊、捏马、捏兔子，凡是能想象到的她们都捏。捏好后，她们把它作为"艺术品"保存起来，摆放在案几上。但是不会长久，因为胶泥干了后，那些小动物便会"龇牙咧嘴"，这里脱落一块，那里掉了胳膊、腿。听大人讲，要想做成"艺术品"，还要在胶泥中掺进一些东西，然后在窑上烧。我后来才知道，他们说的是制作陶瓷。

玩泥巴，还有一种玩法。就是在坑边上、河沿上挖一个坑，放进水，把挖出的土一点一点撒进去，边撒边有人搅拌，使坑中的土变成泥巴汤，我们在里边洗土浴，你往我身上糊，我向你头上浇，一个个变成泥塑，只露一对小眼睛。在泥水坑中可不像在清水坑中一样扎猛子，万一有口气喘不上来，吸进去泥巴，就会糊住呼吸道，即使呛不死人，清洗时也是非常困难的。大人们不许我们玩这样的游戏，一旦发现，轻则一顿熊，重则在我们屁股上留下几个指印子。

"挛"地瓜

"挛"地瓜就是地瓜刨完后,再在地瓜地里刨几遍,把遗漏的地瓜、地瓜根刨出来,一般是生产队或者主家不再要的,你才可以去刨。

生产队的地瓜地通常都很大,地瓜刨完收走后,生产队一般不让人去刨,要派人在地里看着,待忙过这一阵后,会让人用牛拉犁,在耕地的同时,把遗漏的地瓜捡拾一遍。我们小孩子往往是那些捡拾的人,牛拉犁在前边犁,把地翻个儿,有的地瓜就会露出来,我们在后边捡拾,然后把捡拾的地瓜集中在地头,由生产队派人拉走。我们为生产队捡拾地瓜可以挣工分。我记得我们干一天活可以挣两分。

生产队的地,耕过之后就不再管了,我们就扛着铁锹到地里"挛"地瓜。"挛"地瓜很简单,就是在耕过的地上一锹一锹翻,翻一锹,顺势拍一下土,把形成坨的土打碎,看里边有没有地瓜。"挛"地瓜这活不仅我们小孩子干,大人们也干。这是一个力气活,人翻一会儿土就会满头大汗,但热也不能停,擦擦汗接着干,因为地瓜是固定的,翻得少也就意味着"挛"的地瓜会少。

"挛"地瓜时很少能"挛"到大个的地瓜,因为刨地瓜时,大的不好隐藏，一早就被刨去了，再加上生产队犁地时，大个的也很容易被翻出，所以，"挛"地瓜刨出的基本都是小的，有拳头大小的就很不错了。我们"大小通吃"，就连地瓜毛根我们也会捡起来，拿回家晒干，放到地瓜干中磨面粉，照样能吃，再不济就喂猪，可以说没有废弃的地瓜。

"挛"地瓜是个辛苦活，"挛"上一上午也不见得能"挛"一小筐，运气差了，也就十来个指头大小的地瓜。但地不少翻，一上午要翻一两亩地，两只手上都要磨出两三个泡，回家后用针刺破水泡，放出水来。第二天早上水泡的痕迹就不大明显了，但是，还要接着去翻地，新泡还会产生，有的在老泡的基础上再磨出新泡，新泡再磨就会出血泡，整个手掌火辣辣地痛，干起活来还好点，一停下来，拳头都攥不紧。好在，翻土"挛"地瓜不是长活，两三天就没有"挛"的了。最后，把手上的所有水泡、血泡都刺破，放出血水来，让它自己恢复，要几天后脱了皮才好利索。

看到我满手的血泡，娘一点也不"心痛"，她帮我刺破血泡时，还鼓励我、表扬我，也许是经过三年困难时期的娘被饿怕了。

舔　碗

在鲁西南农村，吃晚饭不叫吃晚饭，叫"喝汤"，至今人们见面相互问候还在说"喝汤了吗"。这种叫法从何而来，叫了多久？没有人考证。

记忆中，我小时候我们家晚饭很少吃面食，大多吃的都是娘做的玉米面粥、小米稀饭等。特别是夏天，生产队分了西瓜，娘就不做饭了，切一个二三十斤重的大西瓜，每个人吃上几块就是"喝汤"了。玉米面粥、小米稀饭不顶饿，喝完后我们就把碗沿上的粥舔一舔，想着尽量地"多"吃一点。不仅是舔碗，就连娘蒸地瓜窝窝的笓子，也会拿过来舔一舔，因为笓子上往往粘有窝窝皮。平时非常讲究礼节、礼貌的爹，这种时候从来也不管。

在我们村传着一个"笑话"，杨姓邻居在生产队大锅饭时期，他不去抢蒸好的干粮，而是专门抢刷锅水，每当炊事员刷完锅时，他就抢上去，把手伸进刷锅水里仔细地摸，摸到一块食物，他便放进嘴里吃掉。因为大锅饭时期，人们吃饭都是定量，发的干粮也就吃个多半饱，如果谁家的孩子多，为了孩子长身体，大人也就吃个半饱，节余一点匀给孩子。

我把这事讲给孩子听，孩子听了觉得好笑、好玩。"不当家不知柴米贵"，不受饥寒不知今日温饱。孩子有时吃饭剩个碗底，我就督促她吃完，或者我拿过来吃了。

　　随着生活条件的改善，人们不再缺衣少食，但似乎勤俭节约的意识淡化了。近年参加宴会，特别是参加婚宴，人们要面子，讲排场，宴席安排得十分丰盛，往往连一半的菜都吃不了，造成极大的浪费，真是太可惜了。

学雷锋

"学习雷锋好榜样，忠于革命忠于党，爱憎分明不忘本，立场坚定斗志强，立场坚定斗志强！学习雷锋好榜样，艰苦朴素永不忘，愿做革命的螺丝钉，集体主义思想放光芒，集体主义思想放光芒！学习雷锋好榜样，毛主席的教导记心上，全心全意为人民，共产主义品德多高尚，共产主义品德多高尚！学习雷锋好榜样，毛泽东思想来武装，保卫祖国握紧枪，永远革命当闯将！……"《学习雷锋好榜样》这首歌，是我们上小学时学唱的第一首歌，每天上学时唱，放学时也唱。四五十年不唱了，而今再唱，我依然能够将歌词完整、准确地唱下来。每次唱，我都激情澎湃、热血沸腾、斗志昂扬！

1963年，党和国家领导人为雷锋题词。毛泽东同志题词："向雷锋同志学习。"刘少奇同志题词："学习雷锋同志平凡而伟大的共产主义精神。"周恩来同志题词："向雷锋同志学习憎爱分明的阶级立场，言行一致的革命精神，公而忘私的共产主义风格，奋不顾身的无产阶级斗志。"朱德同志题词："学习雷锋，做毛主席的好战士。"陈云同志题词："雷锋是中国人民的好儿子，大家向他学习。"邓小平同志题词："谁愿做一个真正的共产主义者，就应该向雷锋同志的品德和风格学习。"随着党和国家领导人题词的发表，全国迅速掀起学雷锋的高潮，人们以学雷锋做好人好事为荣光，助人为乐、互助友爱，形成了向上向善的浓厚氛围。

我们小学生的学习雷锋积极性一点不亚于大人，校园的地抢着扫，课堂上的黑板抢着擦。放学后到五保户老人家中扫院子、挑水、劈柴。倘若在路上遇到拉车的人，会一齐走上去帮着推，遇到小脚老奶奶马上过去搀扶。那时街有人扫、路有人平。谁家有了困难，众人都去帮忙，人们的关系友好、融洽。人人争当学雷锋标兵，人人勇做学雷锋先进个人。像雷锋那样做人，像雷锋那样工作、学习和生活，学雷锋在全国蔚然成风。

交公粮

交公粮，是那个时代的政治任务，人们从不计价，毫不犹豫地把自家自留地产的粮食按数交到生产队去。无论收成好孬，收多收少，都要先交公粮，再留作自家食用，并且上交的都是最好的，这是每年约定俗成的事。

生产队把上交的公粮都集中在一起，前一天夜里装上车，第二天一早送到公社粮库里去。爹交完自家的公粮回到家里，对娘说："今年轮到咱去送公粮了，明天早晨早做会儿饭，吃完我接着走！"我站在一旁听到爹的话，心想：交公粮去公社，一定很好玩吧。于是我决定跟爹去公社玩。

第二天早晨，爹起床，我也起床；爹吃饭，我也吃饭；爹出门，我也出门。来到生产队，爹发现了我的目的，赶我回家，我就是不回，他拗不过我，就在他拉的地排车上拴了一根绳，让我帮他拉车，和其他几辆车一道往公社赶。到了公社粮库，在粮库管理员的指挥下，大家各自卸各自的车。但送公粮并不是只把粮食卸下车那么简单，过完磅秤，还要一包一包地把粮食扛进仓库。仓库里已有很多粮食了，都快堆到七八米高的仓库顶了。人要想把粮食送上去，必须踩着粮食斜坡上的木梯，一个"台阶"一个"台阶"地往上登。一开始，爹扛着100斤左右的粮袋还不显得吃力，但扛了七八包后，踩在木梯上的两腿就有些微微发抖了，我站在旁边心里着急，两眼不离爹的腿，生怕爹支撑不住从七八米高的上边摔下来，但我又帮不上忙，只能在爹下来后把手巾递给他，或自己拿着帮爹擦汗。当扛到十一二包时，爹实在坚持不住了，坐下来大口大口地喘气，一把一把地擦汗。爹休息了一会儿，就要扛剩下的三四包粮食，被我堂哥叫住了："大爷，你别管了，那几包我来扛！"堂哥毕竟年轻，连他拉的粮食，他一口气扛了足足有二十包。

交完公粮，我本来想让爹带我到公社街上玩，顺便有什么好吃的让他给我买，我一看爹拖着疲惫的双腿，走路晃晃悠悠的，便打消了念头，拉起我来时拉的绳子使劲地走在前边。

那次交公粮的经历给我一次深刻的教育，我至今忘不了爹扛着粮包艰难向上爬的背影。

家　教

爹是家族中"问事"的，街坊邻居的红白喜事都由他张罗，因为他"懂"得多，待人接物礼节周全。

由于爹注重礼节，因此他的家教很严，我们兄弟姐妹几个稍有不注意就会招来他的训斥或敲打。

待人要热情。家中来客人，没有更重要的事，要到门口去接，见面后要问好，待客人走到你面前时，你要侧身让过，让客人先走，你走在客人的右后侧半个身位处，右手向前下方伸出，示意"请"的意思，到拐弯处，再做一下伸手的动作，示意要走的方向。待客人走到屋门时，有门帘的要给客人掀起门帘，客人落座前要搬动一下凳子或手抬一下，客人坐好后自己方可坐下。给客人倒茶不可倒满，倒好后尽量双手端过去，在放好茶杯的同时，右手做一个请的手势。

接物要稳重。不可有急急火火、毛手毛脚的样子，别人递给你东西，尽可能用双手去接，特别是上级和长辈，腰要直，动作自然，不可有点头哈腰之举，大大方方、不卑不亢，微笑着说"谢谢"。

衣。穿衣得体，衣着是一个人的面子，穿戴如何，让人一看就知道你是什么身份。衣服可以破、可以旧，但不可以脏，叫花子的衣服从来没有整洁过。爹有一身专门喝茶的衣服，平时他不舍得穿，只有给别人帮忙时才穿。

食。吃饭时也有一些讲究。客人不动筷子，陪者不可动筷，上一道菜先由客人夹。那时不像现在有公筷，可以给客人夹。每人只有一双筷子，你可以招呼客人夹，不可以给客人用你的筷子夹。吃菜时要夹离你近的盘子一边的菜，不可以越过盘子夹盘子那边的菜。夹菜不能连续夹，夹一筷在嘴里嚼一阵，再去夹第二筷。筷子夹过来菜放进嘴里，若筷子上还有余菜，不能"涮"（用嘴舔）筷子后去夹菜。吃饭时嘴里不能发出啪唧啪唧的响声，不能对着饭桌大声说话，防止唾沫星子喷到饭桌上。打喷嚏实在忍不住，要捂住嘴，把身子背向饭桌。

住。走亲访友尽量不要过夜，"客走人安乐"，既不给别人添麻烦，也免得自己不方便。即便走不了，也不要住在人家的主房。一旦能够脱身，就立马走。

行。走路要有精气神,"行如风",不可忸怩作态,东摇西晃。不东瞅西望,低头弯腰。步幅不过大也不过小,摆臂自然。

站。站也要有站样,"站如松"。站立时,两脚自然分开,不大不小,不可一只脚着地,另一只脚翘着、抖着,给人以吊儿郎当的感觉。

坐。坐有坐相,"坐如钟"。不可"前仰后合",不跷二郎腿,不哈腰,不斜肩,双手自然放在两腿上。

看。看人要自然,不可久盯不放,特别是对异性。也不可快速移开,如低头搓手,给人以心虚的感觉。

说。说话要实话实说,不可言不对题。有问必答,不可胡吹海侃。大人说话,小孩不要随便插话。

听。要学会听,要耐心听别人说,不可随意打断。"听话要听音",不明白时可以让别人再重复一遍。

这一些礼节爹不知给我们唠叨了多少遍,虽没有这么有条理、细致,但我总结时,回想当初,条条都涉及了。虽有贻笑大方之嫌,但求有益。

两毛钱

人民币的一角钱、两角钱、五角钱，口语叫作一毛钱、两毛钱、五毛钱，又叫作毛票。在20世纪六七十年代，毛票利用率最高，很多东西都是以毛为计价单位的，辅助以"壹分""贰分""伍分"的硬币。我对它们较为熟悉，一元钱以上的币种我基本没有印象。

一毛钱的主色调是枣红色，正面是工农商学兵的人物图像，反面是菊花和国徽的图案。两毛钱的主色调是墨绿色，正面是武汉长江大桥图案，反面是牡丹花和国徽的图案。

那时候一两毛钱能"中"很多用，买糖、买铅笔、买橡皮、买作业本等，还有很多小玩具都在它们的可购买范围内，我们小孩子若能拥有一两毛钱，都是很富有的了。倘若过年大人能给你两毛钱作为压岁钱，那是很美的一件事，也说明刚过去的一年家里收成不错。

大概在我上二、三年级的时候，我已对数字有了较深刻的认知，不复杂的账我已经能算了。有一次生产队通知我们家交两毛钱结清队里的账。生产队告诉娘时，我正在旁边。"娘，把钱给我，我去吧！"娘从她的钱罐中拿了两毛钱交给我，一再叮嘱别贪玩，别把钱弄丢了。我接过钱，答应着，一蹦一跳地向生产队会计室跑去。

　　待我跑到生产队会计室，屋里已有很多人排队了。我也不知道自觉排队，就挤到桌前把钱递到了会计面前。"排队去，叫你时再交！"我见会计不收，也不知道怎么排队，于是和其他小朋友边玩边等，一会儿钻进人缝中，一会儿又跑到院子里，一会儿又回到会计面前趴在桌子角边看，看会计收各家各户的毛票，有红的，有绿的，一张张放进了抽屉里。

　　突然，老奶奶（老奶奶是我们本家的近门子）惊叫："我的两毛钱不见了，谁拿了我的钱，刚才还在桌子上放着呢！"于是旁边的人帮她找，找地上，找桌子缝里。有人说："老奶奶，你再翻一下自己的口袋，看是不是放口袋里了！"老奶奶翻了翻口袋，没有，她很着急。她扭头看我："小二，你拿钱了没有？好孩子，拿了快给老奶奶！""我没拿，也没看见！"我斩钉截铁地说。她见我手里攥着什么东西，眼睛瞪得老大："你手里拿的啥？"说着就走上前掰开我的手，硬生生把我手中的两毛钱抠出来："还说没拿，这是啥？这么小的孩子就当小偷！"旁边的人见从我手中抠出两毛钱，也随声附和："这孩子，看上去挺好的，怎么偷钱呢？""我没偷，这是俺娘给我的，让我来交钱的！"我大声说。这时谁也不相信我了，有人还说："这孩子欠揍，偷了钱还嘴硬！"我说："不是我，就不是我，我给大家发誓！""你敢发誓，就撕破你的嘴！"老奶奶狠狠地说。我见她不讲理，就上去抢我的钱，被老奶奶一把推开："了不得了你，不光偷钱还抢钱！"我气得哇哇大哭："我的钱，就是我的钱，我没偷！我没偷！"其他人都不理我。我无论怎么辩解，他们谁也不听。我受冤枉不说，关键是娘给我的钱是让我交给生产队的，被老奶奶抢走了。

　　我没办法，只得跑回家，向娘说明了一切。娘很气愤，拉着我又回到生产队会计室。"谁说俺的孩子偷钱了，把俺的钱还给俺！"老奶奶见娘来了，刚才那种盛气凌人的气势一下不见了，也许她感到心虚："我，我，我没说他偷，问他是不是见到我的钱了！"娘说："那为啥你把他的钱抢走了？""我觉得小孩子不应该有钱，给你，算我倒霉！"说着老奶奶把钱给了娘。娘见老奶奶理亏，也没再说啥，就把钱交给了会计，拉着我回家了。

回家的路上，我问娘："娘，你为啥不跟她吵一架，她冤枉我！"娘说："她把钱还给了咱，说明她已经理亏，再说吵架也解决不了问题，翻了脸，街坊邻居的，以后不好见面了。记住孩子，你以后无论有多难，也不能偷人家的东西，饿死迎风站，要有骨气！"我不知道啥叫骨气，但娘的话我记住了。

几天后，会计到我们家跟娘说："大嫂，钱找到了，可能是我以为是谁家交了的，顺手把它收到抽屉里了。这不，对账多出来两毛钱！难为孩子了！"

拔火罐

日前，本人身体小恙，党校同学任兄向我推荐了一名中医李大夫。李大夫六代行医，医术高明。我稍吃其几服中药，病情就有好转，症状消匿，只需调理阴阳平衡。李大夫兼营针灸、拔罐，任兄在他那里做理疗时，我目睹了李大夫的医疗过程。

李大夫的针灸、拔罐有一套严格的程序，使用的工具都经过严格的消毒。任兄趴在一个带洞的（人脸大小，便于呼吸）的针灸床上，脱去上衣及长裤，李大夫先是给他从头到脚进行消毒，接着在其相对穴位上用专用针快速地扎几下，然后左手拿火罐，右手拿钳子夹起一块药棉，在酒精瓶中一蘸，放在燃烧的蜡烛上点燃，把燃烧着的药棉伸进透明的罐子中，旋转一圈抽出，迅速把火罐扣在刚刚扎过的穴位上。顿时，火罐的吸力将穴位附近的肌肉拉紧，吸进罐中，隆起一个肉球，接着再拔第二个、第三个。根据病人的需要，应该拔几处，就拔几个罐子。慢慢地，穴位处就渗出血，开始是鲜红的，出血多了便凝结成血块，乌黑黏稠。大概二十多分钟后起罐，清理完污物，再做艾灸。艾灸用的艾草并不是单纯的艾草，由二十多种药物搭配而成。因不便体现其中的药物，还是叫传统的艾灸。李大夫把艾草放在专门制作的方形盒子里点燃，然后放在病人盖着的毛巾被上蒸，盖毛巾被是为了防止被意外烫伤。这样蒸熏四十分钟到一个小时。

　　看了任兄做拔罐和艾灸，我不由得想起小时候娘给我拔罐的情景。那时候，农村医疗条件很差，加上生活拮据，人们得了一般的病，像头疼脑热，能扛过去的就扛过去了。即使病情较重，能不请医生就不请医生，按照土方自己治。有一次，我得了重感冒，也就是感冒了以后又感冒，高烧不退，躺在床上不吃不喝说胡话。娘见我病得厉害，一边给我熬了一大碗红糖姜水，想方设法给我灌了进去，一边找到我们吃饭的小碗和两个罐头瓶子，洗净擦干，又找来两根木棒同样洗净擦干，用它夹着棉花在酒（地瓜干酒，家家都备一点，接待客人用）中蘸一蘸点着，在碗里或罐头瓶中一转，啪地一下扣在我身上，接着抓住碗或罐头瓶上下推拉，碗或罐头瓶在吸附着我的肉的同时上下滑动。我感觉我的背就像人揪着一样有点痛，反反复复要推拉几十下，甚至上百下，娘已是大汗淋漓，累得直喘粗气。接着娘又在我的太阳穴上拔了两个罐子，之后同样推拉十几下。"好了，睡一觉就好了！"娘说。我感觉轻松了许多，不知不觉就睡着了，娘在我身上又加了一床被子。睡梦中，我感觉很热，头上有"虫子"在爬。我睁开眼，见娘正坐在旁边，用手巾给我蘸汗。"醒了，肚子饿不饿？娘给你下鸡蛋面去！"说着娘就去了厨房。这时，我还真感觉饿了，似乎肚子在咕咕地叫。不一会儿，娘端来一碗热气腾腾的鸡蛋面。娘把我扶起坐好："吃吧，吃了就完全好了！"小病小恙的，娘是不会下面条（以杂粮为主，掺了点白面粉）、打荷包蛋的。我当时饿透了，又很久没吃鸡蛋面了，吃得很香。但我还是不舍得几口把荷包蛋吃掉，而是吃一口面，咬一点儿荷包蛋，直到我吃完面，荷包蛋还剩小半个。在娘的催促下，我才分几口把荷包蛋吃完。吃完鸡蛋面，我感觉身上有力气了，第二天就完全好了，又和小伙伴们欢蹦乱跳玩去了。

那时候，人都泼辣皮实，不像现在，一感冒发烧就要打七八天吊瓶，动不动就花好几千块钱。

喝中药

小外孙一岁时，得了感冒。当时是疫情防控期间，不便到医院打针，便开了中药。中药煎好后，妻子试着尝了一口，中药很苦，苦得她有点发抖。这下有点麻烦，如何才能让孩子吃进去？灌。于是保姆抱着孩子，女儿捏着鼻子，妻子往孩子嘴里灌。弄得孩子哇哇大哭，药水灌进肚子里的不多，被孩子用嘴喷出来的倒不少，弄得几个人满身都是中药。怎么办？妻子愁眉苦脸。

我听说后，沉思了一会儿。建议用笨办法，用小勺喂。先喂一口甜食，再喂一勺中药。喂甜食，孩子吧嗒吧嗒嘴吃了，喂中药，孩子吃到嘴里，先是皱了一下眉头，继而咳嗽一下，接着嘴咧开了，身子颤了一下，并且摇了摇头，眼中好像还含着泪。接着喂一口甜食，孩子又是吧嗒吧嗒嘴吃了。接着再喂中药，孩子又重复了一遍上边的动作，没有哭，眼睛盯着勺子，似乎在思考着什么。反复多次，中药喂完，孩子也没哭没闹。第二次，女儿拍了一个视频，我发到和亲家在一起的"全家福"群里，自嘲道："姥爷英雄，外孙好汉！"

我小时候也是这么喝中药的，只不过不是一勺一勺地喂，而是捧着中药碗，屏住呼吸，一口气把中药喝完。喝时苦得我也是咧嘴、皱眉、咳嗽、打战。娘见状，立马喂点甜水。那时候喝中药，也是没有办法的事，比起中药，西药贵得多，人只有在病情非常严重时才能找医生打吊瓶。中药多是民间偏方，需要时到公社驻地去抓，回来自己熬。为了药尽其效，一般要熬三遍，一次要喝小三碗。我喝过茅根水治咳嗽，味微甜；我喝过蒲公英水治感冒发烧，味微苦；我喝过苦菜水治肠炎，味苦涩。喝过的这些中药都是就地取材，田间地头皆可寻找。

所谓的甜水，就是在水中放点红糖或将冰糖化开，稍微有点甜味。若是赶在秋季，红糖、冰糖都免了。多数是从高粱玉米地里找一些不结高粱粒、玉米粒的棵子，弄回家用工具把里边的甜水挤出来，代替红糖、冰糖水。不结籽的高粱、玉米秸，我们叫它"甜秫秸"。秋天割草，高粱、玉米地是我们常去的地方，不仅能吃"甜秫秸"，而且地里的草长得也很多，且都是些"老草"，我们割回家晒起来，冬天可用来喂羊、喂兔子。

熬药有专门的砂锅，不能用铁锅、铝锅等，因为有的中药与铁、铝在一起熬，加热时很可能产生毒素。砂锅不是家家都有的，一般十几家也就有那么一两口砂锅。熬中药时大家相互借，用完后不能去还（忌讳把病送到人家），而是要放进去一点五谷杂粮，放在家中不易打碎的地方，等着下一家来借。熬好的中药渣也不能乱倒，要倒在家门口的排水沟中（寓意把病倒出家门），在外不能踩药渣（防止把病带回家）。

八月十五

八月十五，中秋节，是阖家团圆的日子。但是，我们小时候没有这个概念，只是知道这天能吃上月饼，娘还会给每个人发一个苹果。

这一天晚上，娘上工回来，照例还是做一锅稀饭，让我们"喝汤"。不同的是，"喝完汤"后，娘会让我们吃月饼。月饼是娘自己做的。用红糖加花生油和面，馅是用自家树上的枣，外加在街上用玉米换回的葡萄干、核桃仁合成。娘一共做了十多个，除到我姥姥家走亲戚用了几个以外，我们全家人也就每人一个。说是吃月饼，其实我们拿到手都不舍得吃。实在控制不住"馋虫"，就用牙咬一点，在嘴里慢慢地"品"，待月饼在嘴里一点点化成"汤"，再慢慢地咽下去。苹果也不舍得吃，往往多存放几天。因为苹果可以放得时间长一些，我们就找来细绳拴在苹果的根蒂处，把苹果吊在屋里闻香味，直到苹果出现斑点就要坏了时，我们才一点一点地吃掉。

月饼是不能放的，否则不是坏了，就是干了，所以当天就要消灭掉。尽管如此，我们还是不舍得几口把它吃掉。由于月饼在手，我也没了"喝完汤"拔腿就跑出去玩的念头，就和姐姐、妹妹、弟弟围坐在院子里的饭桌旁吃月饼。于是，娘就给我们讲月亮上嫦娥、吴刚、玉兔的故事。那时，我才知道月亮上还有"人"，有嫦娥、吴刚、玉兔，还有桂花树。

娘说：很久很久以前，天上有十个太阳，照得大地很热，许多庄稼都被晒死了，人们常常因收不到粮食而饿肚子。有一个后生叫后羿，是个神射手，力大无穷。他气不过太阳的恶行，八月十五这一天，一口气把其中的九个射落下来。最后一个害怕得求饶，再说后羿也不想让人间变成乌黑一团，他就放过了那个太阳。从此，太阳不再作恶，乖乖地按时起落，老百姓的日子一天比一天好了。

老百姓都很感激后羿，隐居深山的老道士被感动了，把他炼的两粒仙丹送给了后羿，并告诉后羿，吃一颗仙丹便可以长生不

老，吃两颗仙丹便可以成仙，能够飞到天上。后羿把两颗仙丹交给了他的妻子嫦娥，约定择吉日两人同时吃，以便长生不老，两人相依相守。不久，后羿说漏了嘴，被他的徒弟逢蒙知道了。逢蒙是个奸诈小人，趁后羿不在家逼迫嫦娥交出仙丹，不然就杀了她，嫦娥被逼无奈，佯装把仙丹交给逢蒙时，一把将仙丹放进了自己的嘴里。正当逢蒙扑上来抢时，嫦娥轻飘飘地飞了起来，一直飞到月亮上。传说后羿不久也被逢蒙暗害。后来人们为了纪念后羿、嫦娥，把八月十五这一天定为中秋节，以月之圆兆人之团圆。

吴刚则是在学仙的过程中犯了大错，天帝龙颜大怒，把他发配到月宫，罚他砍伐月亮上高达五百余丈的桂树，直到他砍倒桂树才放他出月宫。但是桂树是砍不倒的，吴刚每砍下一斧头，桂树就马上愈合。所以，至今吴刚还在不停地砍。

至于玉兔是怎么去的月宫，娘没讲，只说，玉兔是给嫦娥捣药的，因为嫦娥常年见不到后羿，十分挂念，天长日久，得了心病。

明晃晃的月亮挂在天上，月光透过我家的枣树，斑斑点点地照在饭桌上，照在我们身上。娘讲故事时，时不时地指指月亮，告诉我们哪个是嫦娥，哪个是吴刚，哪个是玉兔，哪个是桂树。我们听得入神，完全忘记了手中的月饼。

"吃了吧，天不早了，该睡觉去了！"娘说。

人

语文老师

从小学到高中以及军校，我记不清经历了多少任语文老师，大多数老师的形象和姓名我都记不住了，唯独曾庆荣老师给我留下了深刻的印象。一来他是我的本家叔叔，二来他的确对我后来的学习和人生走向起到了很大的作用。

曾老师是我上初二的时候从外村调过来的，担任我们班的班主任兼语文老师。我见到他心里有点自豪：他是我本家叔叔，我们两家住的是前后院，他对我也很好。同时我也有点害怕，怕我学习不好他有可能熊我或者直接告诉我家长。好在那时候我已经知道学习了，不再像小学时那么调皮捣蛋。于是，我更加认真地听他的课，更认真地去完成他布置的作业。

有一天上语文课，同学们刚刚坐定，"曾繁涛，上台来！"曾老师在叫我，我愣在了座位上，似乎没有听见。半年来他没有批评过我，也没有表扬过我。这时候叫我干什么，我感到纳闷。"上来，上来，读读你的作文！"这时我慢吞吞地走上讲台，接过已经被曾老师翻开的作文本。当我看向台下的同学们时，他们都在大眼瞪小眼地看我，顿时我紧张起来，脸也腾地一下红了，腿有点哆嗦，手在哆嗦，吭哧吭哧，也不知道是怎么念完的，之后就跑回到座位上，低着头，不停地掰手指。

"曾繁涛同学的作文写得非常好，语言简练，结构紧凑，人物刻画形象……"我听了，顿时热血沸腾，不好意思地把头低得更低了。

这是我第一次走上讲台，第一次受到表扬，我的心灵受到震撼，从此我下定决心努力学习，把今后的每一篇作文都写好。为此，我想方设法找书看，甚至不放过支离破碎的报纸。我隔三岔五地到村委会收集报纸，不仅仔细看，而且还收藏起来。我订了两年《农村大众》报，至今还把报纸放在我的书橱中。这样的习惯被我保持至今，也对我人生道路的发展起到了很好的辅助作用。

1981年，我以93分的语文成绩考入高中。

1985年，在云南老山前线，在生与死、血与火的战斗间隙，蹲在阴暗潮湿的"猫耳洞"中，我开始了文学创作和新闻报道，十几篇稿件被《前卫报》《战旗报》等报纸采用。

1986年，我担任连队文书，并在训练之余报考了文学函授班。

1987年，我以88分的语文成绩考进了信阳陆军学院四大队十五中队，成了队中的报道骨干。

1990年，我以优异的成绩毕业留校担任了大学语文课教员。

1994年，我转业到济南市纪委研究室，担任《风纪月刊》的编辑。

三十多年来，我始终从事着与文字有关的工作，业余时间我不断创作，至今已发表通讯、小说、诗歌、散文、评论等400余篇，我被济南市作家协会吸收为会员。

曾老师不经意间的表扬与鼓励，仿佛给我加上了助推器。假如没有那次"上讲台"，也许我不会喜欢上那看似枯燥乏味的文字，我的人生也不会走到这里。

老奶奶

在鲁西南一带,"鬼附体"叫"秽蛊子"。从字面讲,"秽"是肮脏、丑恶的意思;"蛊",古字形像"虫"(或蛇)在器皿中。古人把许多毒虫子聚敛到一起,让它们彼此吞噬,互相残杀,最后剩下的就是"蛊",引申而作名词,则指蛀虫、害人的邪术等。"秽蛊"便是肮脏丑恶的害人邪术。

历史上有许多作"蛊"之人,为了一己之利或达到不可告人的目的,利用封建迷信和人们的善良无知行邪恶之术,这早已被人所识破、揭穿。

但是,在20世纪70年代初发生的一件事,至今使我搞不明白个中的原因。

那年夏天,我和小伙伴们正在地里割草,突然听到有人大喊:"凤英得秽蛊子了,快来人啊!"我们听到后,感到好奇,便放下割草的工具,飞也似的跑了过去。不一会儿,很多在附近干活的社员围了过来。只见凤英坐在地上正一把鼻涕一把泪地哭:"大牛这个驴×的,我死了也不给我盖个房子,害得我一到夏天就淋雨,这不又把我淋了个落汤鸡。"此时的凤英一改平时细声细语的小媳妇腔调,变成了瓮声瓮气的老头声音,举手投足俨然是一个老年男人的形象。这时有个大胆的人跟"他"对话："你是大牛他爹？你死了十多年了咋还回来？你儿大牛前年不是也死了，他没找你呀？""没有，这个王八羔子，活着不管我的事，死了也不知跑哪去了。""你走吧，找你儿去吧，不然一会儿要挨打！""我好可怜，我的命咋就这么苦啊！"说着拧了一把鼻涕甩在地上。"对了，前天下大雨，大牛他爹的坟塌了下去，还把俺的两棵地瓜冲了下去！"人群中有人说。"大牛他爹"哭得更伤心了。

"闪开，闪开，老奶奶来了！"人群中立马闪开一条缝，只见老奶奶走向前去，左右给了凤英两巴掌："还不快滚，不老老实实在地底下待着，跑出来吓唬人，再不走看我怎么收拾你！""我不走，我没地方去了！""大牛他爹"说着就要跑，被老奶奶一把拉住。她叫了几个壮劳力，分别按住了凤英的头、胳膊、腿，老奶奶则在"大牛他爹"的两个虎口上扎下银针，然后用右手大拇指掐住了人中。"大牛他爹"开始拼命地挣扎，嘴里呜呜地不知说些什么。不到一袋烟工夫，"大牛他爹"终于受不住了："放开我，我走，我走！""好，以后不许再来，不然我见你一次打你一次！""大牛他爹"大口大口地喘了两口气，不再有动静。就在人们的说说笑笑中，凤英从地上站了起来，见自己身上有土，便使劲地拍打："你们干啥咪，都围着俺做啥！""哎哟，我的手怎么那么疼呀！"说着看看自己的双手，仿佛刚才的事与她没有丝毫关系。"你得秽蛊子了！""啥叫秽蛊子？"人们七嘴八舌地把刚才发生的一幕向她说了，她吓得脸立马黄了。

老奶奶虽然年龄不是很大，但她的辈分高，到我这一辈很多人都叫她老奶奶了。老爷爷去世早，无儿无女，只有她一个人过生活。她家中设有神坛，一天到晚都是烟雾缭绕。她经常给人看病、捉鬼，听说还很"灵"，经常不是东家请去，就是西家叫去，特别是谁家的媳妇生不了孩子，叫她看上两次，不久就会有"喜"了。她也不收钱，凡是叫她看病的拿上两把香就行，当然也有人顺便给她捎点心、糕点之类的东西。我们两家离得不远，有时我在她家门口玩时，她也送点心给我们几个小孩子吃。

听老人讲，在老奶奶还是三十多岁时，突然有一天一病不起，不吃不喝七天，发着高烧，闭着眼睛，嘴里念念有词。家人叫来赤脚医生，检查后没有什么病，给她灌下去的退烧药，都被她吐了。到了第七天，她突然坐了起来，嘴里说着："饿死了，渴死了。"走下床来就去找吃的、喝的，一阵狼吞虎咽以后，跟没事人似的。家里人问她："怎么回事，这几天都做啥了？"她神神秘秘地告诉家人："我被泰山奶奶收做徒弟了，我在跟泰山奶奶学法事。"老爷爷听了骂她："胡说，别神神道道的，让外人笑话！"但老爷爷还是拗不过老奶奶，他们家从此设起了神坛。

听娘说，老奶奶的"法术"很灵，她还两次把我的魂叫回来。一次是哥哥带我玩，可能是给我去摘莲蓬，他游到村里的大坑里去，让我在岸边等他。许是等得久了，我便下坑去找他，滑到深水区。此时，路过的赤脚医生汪延宾看到坑中我露出水面的头顶，迅速把我捞了上来，并马上进行抢救，又是掐人中，又是扎虎口，还提起我的双脚倒过来控水，折腾了好一阵子，就是没能使我醒过来。闻声赶来的爹在邻居家牵来一头牛，把我放在牛背上，在大街上走，最后把牛赶得快要跑起来了，我也只是嘴里流水，就是没有生还的迹象。娘带着老奶奶赶了过来，老奶奶让娘抱着我，她便作起法来。蹲在一旁的爹已不抱希望，低着头抹起泪来。娘也哭了起来："我苦命的儿啊，你可别吓唬娘，赶快回来吧！"老奶奶烧着香往东南方向拜了三拜："好了，小二马上就回来，都别难受了！""不行了，找个地方埋了吧！"人群中有人说，也有的人转身就要离去。这时候，我咳嗽了一声，接着哇地一下吐起水来，像爆裂的自来水一样哗哗地吐了娘一身。娘破涕为笑，使劲地拍打我的后背，尽量使我吐干净。我还没缓过神，娘一把把我拉倒在地："给你老奶奶磕头，谢谢老人家的救命之恩！"说着娘使劲地把我的头往地上摁了三下。"好了，孩子好了就行了，快回家吧！"老奶奶说。

还有一次，我自己到村头过去遗留下来的护村河的桥头去玩，不小心一头从桥上栽到了河里。河水不深，我一头栽下去便插进了淤泥中。也不知道过了多久，邻居刚山娘去洗衣服，发现一双小孩的脚丫在水面上露着，她二话没说，伸手就把我提了上来，一看我的脸、头已被淤泥糊住，便在水中使劲涮了涮。她看我浑身发紫，摸摸鼻子没有呼吸，听听心跳也没动静，吓得大声喊起来："小二他娘快来呀，恁小二淹死了！"我家住得也不远，那会儿正是夏天中午，人们都在家休息，爹娘听到喊叫，见我不在家，拔腿就跑了过去。娘拖起浑身发紫、有些冰凉且发硬的我，知道没有救了，便放声大哭起来："我苦命的儿呀，上次不是说你福大命大吗？你怎么还是走了呀！"娘一边哭一边使劲地摇晃我。"他妈的，这孩子就是短命鬼！"爹在一旁捶胸顿足。不知是谁叫来的，还是老奶奶闻讯赶来的，老奶奶第一时间让人掐我的人中，然后在虎口上分别扎银针，依然像上次一样烧香作法。之后，她让娘把我抱好，架起我的两条胳膊，使我的手掌心向外。老奶奶盘腿坐在对面，她的两个手掌心对着我的手掌心，闭着双眼，嘴里念叨着什么。说来很奇怪，不到一袋烟工夫，我身上慢慢起了变化，由深紫变成浅紫，由浅紫变成微红。大热天的，老奶奶头上竟然冒出了热气。正当人们好奇，感到惊讶之时，我哇地一下吐出了一口黑泥，奇迹般地活了过来。

我是一名无神论者，对于以上所述，我不认为它具有真实性，只不过在娘嘴里、在乡亲眼中被神化了。作为文化程度极低，甚至没有文化的村民茶余饭后的谈资，以讹传讹，越描越神的现象可以理解。老奶奶的行为，最初是为了生存，她的两次"救"我，也许是碰巧而已。至于老奶奶头上冒热气，可能本身就是夏天天热，水被蒸发后，在太阳光的照射下，自然而然出现"冒热气"的现象。

但是，凤英得"秽蛊子"一事，我至今也没搞明白，后来我在部队院校当教官时，利用暑假，在老家本村、邻村走访了一些老人，他们中很多人都见过甚至得过"秽蛊子"，但谁也说不清是怎么回事。后来，我也就没再去探究，如今想到这种奇怪事，使我不胜感慨：凤英是当年春节刚嫁到我们村的，她是城西二十多里地的曾楼村人，论辈分是我本家的姑奶奶，当初他们夫妻订婚时，我爹还帮了媒。按理说，凤英不知道有大牛这个人，一个老光棍死去两年多了，谁会在凤英面前提到大牛？大牛他爹死去十多年了，应该更是没有人再提起他，为什么他"扑"在了凤英身上？凤英又是怎么"模仿"他的声音、动作那么像呢？从凤英发"病"时的状态看，又不像"装"的，鼻涕一把泪一把不说，她就那么心甘情愿地让人按在地上，又是掐人中又是扎银针？"醒"来后又好像被蒙在鼓里，显得那么"若无其事"。

人们看到一些离奇的事件，之所以当时觉得离奇，只是一时没有找到比较科学的解释罢了，但也不可强行去解释。相信随着自然科学的不断进步，早晚有一天会让我们知晓诸多离奇事件的谜底的。

留　章

前天，我接到一个陌生的电话，电话显示是老家菏泽的，我便接了起来，熟悉的乡音使我备感亲切，原来是我舅的对门，向我咨询一点事。电话中他提到了留章，使我为之一振。

留章是我姥娘家的邻居，每次我到姥娘家去都会和他一起玩。留章姓什么，是不是他的大名，我不得而知。他和我同岁，长相酷似，有时候姥娘家邻居见了我会叫留章的名字，一来二去，都叫我"假留章"。时间一久，我每次去，都会说："假留章来了！"

小时候，我最爱去姥娘家。上学前，有时一住就是一两个月，上学后，几乎每个暑假和秋假都去，到临开学爹娘或哥姐去叫才悻悻地回家。姥娘、姥爷还有舅舅、妗子有好吃的（无外乎瓜桃梨枣杏）都会给我留着。姥娘家在村边上，院子的周边几乎全是庄稼地，院边上种了一些果树。果树长势很好，枝繁叶茂，特别是枣树和梨树，每年都结很多果子。枣树又分为普通大枣和脆枣。普通大枣姥娘不让我随便摘，没成熟前也不太好吃，起码不甜，主要是她收了大枣后晒干要分给我家和舅舅家，过年时用来蒸花糕和花卷子。脆枣快要熟时，枣蒂处微白、发亮，这时候吃，就很清脆了，待枣蒂处微红，吃起来不仅清脆而且还有点甜。脆枣不能晒干，肉质没有普通大枣筋道，干了几乎只剩下核和皮了。

脆枣可以"甏"（bèng）着吃。姥娘会"甏"枣，"甏"出来的枣非常好吃。"甏"是瓮或坛子，一种口小腹大的陶制盛器。"甏"枣用的枣不能有虫眼和外伤，所以不能用竿子打枣，只能用手摘。姥娘"甏"枣时，都是让我上树去摘，每次她都不放心，总是在树下盯着，嘴里不住地念叨："小心，站好抓牢再摘！"摘完枣，姥娘拿出事先准备好的甏（要洗净、晾干），倒上半碗地瓜干酒，把枣的屁股（枣蒂）在酒中一蘸，一个一个地摆放在甏里，然后封口，放在阴凉处七天。

要"甏"的枣不能洗，洗过后容易腐烂，存放不过七天。"甏"好后，一般也不洗，一洗酒香味就淡了。那时候不大讲究卫生，其实很环保，既无化肥，更无农药，在放进甏前擦去灰尘就行。脆枣"甏"出来清脆可口，普通大枣则不行，虽然有一样的酒香，但是姥娘也不舍得用普通大枣"甏"，她留着有大用处。

七天过后，打开甏，顿时香气满屋，沁人心脾。这时我早已垂涎欲滴，恨不能饱餐一顿。但是，甏由姥娘掌管着，每次只给三四个枣。姥娘讲："枣不能多吃，吃多了消化不了，很容易胀肚子。"是的，稍大后我就知道了，特别是枣皮很难消化，往往随大便排出体外。

姥娘家房后有一棵大梨树，据姥爷说，是他的爷爷栽种的，大约有近百年的树龄，栽种时被嫁接了优良品种。梨树很粗，要三四个小朋友才能合抱得过来，树干上有一个截痕，大概是嫁接时留下的，树冠形成的阴凉能延展四五十平方米。夏天中午，一家人都到树下乘凉，各自扯个凉席睡午觉。梨快成熟时我就开始爬树去摘了，尽管此时摘的梨还有点涩。这棵树上结的梨个头比一般的大，熟好了的吃起来又脆又甜，细嚼渣很少，就连它的核也能吃，只是口感有点微酸。每次收梨都能收一两百斤，姥娘也不拿去卖，除了走亲戚外，也分一些给附近的村民家，所以很少有村里的孩子去偷摘，他们知道梨熟后能够吃到，唯独我一天去爬几次。

我在姥娘家不仅能吃到好吃的，而且不影响玩，甚至玩得更开心自在，因为我没有了割草的任务。和留章在一起，我有时只需帮他完成任务即可，两个人割草，有更多的时间玩。我们无所不玩，上树掏鸟窝，下河抓泥鳅，白天"打仗"，晚上捉迷藏，等等，凡是能想到的我们都玩。

当然，夏天还是以游泳为主，一天要下几次水，有时下去一待大半天，没人叫，就不上岸。姥娘家村南有一条小河，叫什么名字记不清了，二三十米宽，但水很深，听舅舅说水满时有的地方深达五六米，冬季水干涸时，村民从河里边取土用来垫宅基地。所以河底很不平，有的地方还很陡。舅舅一再叮嘱我，不要在里边扎猛子，下边水很凉，人容易抽筋，上不来。因为我被淹过两次，也见过小伙伴出事（我们后街的小四），多少长了点记性，所以在河里游，基本不做潜泳动作，只是在水面上浮游，在河的两边来回窜。尽管如此，还是经历过一次险情。

有一天中午，我和留章游到河南岸，正在边上休息，突然乌云密布，刚还明亮亮的天瞬间变得乌黑，接着倾盆大雨从天而降，布下了一张巨大的水帘，四周的一切我都看不清了，只看到和我一样本能地抱住同一棵柳树的留章张着嘴，但听不见他在说什么。我喊他，他似乎也没什么反应。我们站的地方，原来是河岸，不一会儿水就到了我们的膝盖，很快就到了我们的肚脐部位。水中的我们有些站不稳，我们抱树的手就越来越紧。

还好，夏天的雨来得快去得也快，大约半个小时，乌云飘走了，太阳也出来了。被吓得半死的我俩，定睛看去，四周全是水，白茫茫的一片。向太阳的方向看去，水面已与天相连；向村里看去，似乎房子一座座漂浮在水面上，房子之间的水还在打着滚地往这边流。对了，刚才和我们一起游泳的几个大人不知啥时候不见了。四周只有我们两个，你看看我，我看看你，大眼瞪小眼，不知所措。这时候，我们感到很冷，我看到留章的嘴唇紫了，我想跟他说话，一张嘴，上下牙已不听使唤，嘚嘚地直撞击，想说的话连不在一起了。

"曾二……""留章……"我们听到从村里传出的叫喊声，却回答不出，只眼睛盯着村里。原来，大雨一停，刚才游泳的大人突然想起河里还有我和留章在游泳，不放心，蹚着大水跑到舅舅家和留章家去看看。舅舅和留章的爹一听就急了，各自抄起一根长竹竿，蹚着到大腿的水，往河边赶来。

他们"跑"出村就慢了下来，用竹竿试探着往前走，边走边喊。待到河边，他们也看到了我俩："孩子，别害怕，抱紧树别动，大水很快就下去！"他们左叮嘱右鼓励，有一搭没一搭地跟我们说话，但我俩已无力"应答"，也许他们是担心我俩坚持不住，松了手倒在水里。

半个小时过后，太阳一晒，我俩渐渐缓过劲来，好像脚下的水在动，慢慢地到了大腿根、膝盖，再到小腿，不远的小桥栏杆也露出了水面。不一会儿，舅舅和留章他爹从小桥那边绕了过来，二话没说分别背起我们俩就往家走。

到了家，舅舅把我放到床上，给我盖上被子。从未熊过我的舅舅向我发火了："浑小子，滚回恁家吧！淹死在俺家，你姥娘、姥爷怎么向你爹娘交代，俺又怎么交代！"余惊未消的我不敢吱声，两眼直勾勾地看着舅舅发火。

不一会儿，妗子端来一碗姜糖水："来，趁热喝了，发发汗就好了！"一碗姜糖水喝下，我浑身像通了电一样，从头到脚一下子热了起来，盖在身上的被子突然沉了许多。"妗子，我热，想出汗！""哦，好了，起来出去玩吧！……哎，对了，今天的事别告诉你姥娘、姥爷，不然的话，会把你撵走的！"

我点点头，撒腿就找留章去了。

屠　夫

我们村西三里外有个村叫八里庄，八里庄有个屠夫，专职干杀猪宰羊剥牛的活。杀猪宰羊剥牛他不要钱，只要猪、羊、牛的下货即可，下货即心、肝、肺或肚、肠、血等，相当于他的工钱。

他煮了一手好下货。无论是色，红灿灿，令人垂涎欲滴；还是香，香味扑鼻；还是味，令人食之回味无穷。十里八乡都知道他的名，有的大老远专门跑到他家去买。但是，在20世纪70年代，有谁能常吃？他也是走村串户吆喝着叫卖。有时他要个把月才能到我们村来一次，一叫喊就是大半晌，很少有大人光顾他的肉摊，往往是我们几个小孩子成为他的忠实"观众"，但又远远地看，不敢靠近他，因为他长相很凶。

他留着大光头，肥肥的，一双眼睛凶巴巴的，特别是眼睛一瞪，像铃铛，更像牛眼，有一半的眼珠子突出在肉乎乎的眼皮外，很是吓人。他的一双耳朵很大，耳垂嘟噜着，一走路一抖擞。他好像终年不洗脸不洗澡，太阳下他的脑袋油光锃亮，还有他的肚子，大大的，像里边装了个大西瓜，也油亮亮的，红里发黑，一个肚脐眼深深地往里陷着。穿着一件破马甲，上边厚厚的一层油，似乎在上边可以划着火柴。他一边吆喝，一边把玩着磨得贼亮的杀猪刀。有时喊累了他便坐在地上，把腿盘起，两手放在膝盖上闭目养神，或者睡一会儿，鼾声像打雷，又像猪哼。但是一有人从他前边走过，他便会睁开他那双大眼看看，看到熟悉的人还打声招呼。后来，我每次看到千佛山上的大佛，都会想起他来。

快中午时，他会用杀猪刀切一块或肚或肝或肠塞到他那油乎乎的嘴里，大口地咀嚼，似乎那油会从他嘴角处流出来。他吃一口下货，喝一口皮囊中的酒，肉香加酒香飘散到空气中。站在十多米外的我们顿时口水流到了嘴边，小小的喉咙快速地上下蠕动，肚子也随即咕咕地叫起来，两只小手不自觉地抚摸起肚子来。他看到我们在看他吃，便用杀猪刀插起一块肉，举着伸向我们，示意要给我们，可我们不仅没谁敢去接，反而都不自觉地往后退几步。

有一次，我们小孩子正在围看卖下货的屠夫，娘端着碗来了，我一见立马跑了过去："娘，你干吗？咱家咋买下货呀？""你二舅来了，帮咱干活，中午吃饭没啥菜，他又爱喝点，买点下货让他下酒！"娘说着，把几张毛票递给了屠夫。屠夫用手捻了几下钱，塞进了他那油乎乎的马夹口袋里，用刀分别切了块肠、肝、血，放进娘递过去的碗里："好了，吃去吧！"我伸手要接过碗，娘说："不行，别打碎了！""没事！"我硬生生把碗从娘手中夺过，放在鼻子上闻，边闻边转身走，身子还没有完全转好就迈腿走，结果左脚绊右脚，啪的一声摔倒在地，来了一个嘴啃泥。手中的碗被甩出很远，碗里的下货也滚落在沙土窝里。我顾不上疼，爬起来就去捡下货，下货已是几个泥蛋了。"不让你拿,你非抢。全弄上泥了吧!"娘骂着朝我头上就是两巴掌。

　　娘用清水洗了好几遍,本来红鲜鲜的,洗过后有些泛白了。我站在旁边,非常紧张地看着,担心下货不能吃了。还好,娘在上边浇了些酱油,拌了拌,颜色差不多了,只是香味不是那么浓了。吃饭时,二舅夹给了我两块,也给妹妹、弟弟各夹了两块,只是吃起来不是那么香,还有点垫牙,从妹妹、弟弟的表情看,他们也感到牙碜了。

　　二舅吃口菜,喝一口酒,他被酒辣得微微皱一下眉头。

二婶子

二婶子,是我堂叔庆古的媳妇。二叔小名叫小庆,老辈的人和上了岁数的人都叫二婶子"小庆家",我当面叫她二婶子,有时背后也叫她"小庆家",我至今不知她叫什么名字,但在我们村,一说"小庆家"都知道是她。

20世纪70年代初,男女的婚事依然是"父母之命,媒妁之言"。结婚前男女双方根本见不到面,只有在相亲时,小伙子到女方家去让她的家人"相",大胆点的姑娘敢藏在旁屋偷偷地看上两眼,胆小的连看都不敢看。那时候还好了点,男女长到十八九岁、二十岁左右,都会到城里照张标准相,有媒婆上门提亲时把照片交给媒婆,媒婆再拿给对方,让对方和家人看,若是双方感觉照片还可以,媒婆再带男方到女方家里。女方的家人则叫上近门或近邻一起去"相"男方,看男孩子是否长得周正,身高达不达标,模样长得是不是俊(帅),是双眼皮还是单眼皮,走路是否瘸,说话是否结巴(口吃),从男孩子的综合情况分析,两人是否般配。有的相亲团很好应付,男孩子只需让他们看够,对应地简单回答他们的问题即可,成不成不去考虑。而有的相亲团故意刁难人,弄得小伙子很尴尬,让人家脸红脖子粗的,急得在那直搓手。聪明的媒婆会在旁打圆场,男孩子借机下台阶。

若双方都没意见，双方就递八字，把各自孩子的生辰八字，由村里有学问的人写好，由媒婆交给对方，各自让村里的"明白人"看看。若合，男方在媒婆的安排下择日去女方家下聘礼，就算初步定下了婚事。待三五个月后再确定订婚的日子，双方家长见面，把各自的"红书"交给对方。"红书"的内容我没见过，大概算作信物吧。这些程序走完，也不能很快结婚，哪怕离春节很近了。鲁西南有个风俗，订婚后要过一年半载，不然有人会说闲话："闺女嫁不出去了吗？怎么这么着急结婚？"哪怕男方再着急，三番五次派人去商量结婚的事，女方家长也不会同意。

从相亲到结婚两个人不会见面，不像20世纪80年代的青年男女，中间还可以见上几面。想见面时，让人捎信，约好哪天在哪里见面。两个人则可以到县城逛逛商场，男方给女方买几件衣服；或是两人看场电影，交流交流；或是到照相馆两人照张合影。从两人的接触交流中多多少少能了解一个人的脾气性格，特别是在买衣服时可以看出男方是否大方，是否舍得花钱，女方是否体谅对方，会不会"狮子大开口"。因为买衣服而解除婚约的不少，女方说男方小气，男方说女方不会过日子，二人不欢而散，各奔东西。

二叔和二婶子从相亲到结婚没有见过面，更没有说过一句话。后来听二婶子说，二叔去她家相亲时，她藏在厨房里，从门缝里只看到二叔进院、二叔出院，感觉人高马大的，浓眉大眼，端端正正，很是帅气，加上家里人都满意，她也就同意了这门亲事。

二叔和二婶子结婚，是他们订婚一年后的春节，我也参加了他们的婚礼，还抢了一块糖、两块火烧，捡了几个没响的炮仗。我们几个七八岁的小孩子，冬天也没有其他可玩的项目，就时不时跑到新娘子的洞房去转一圈。别的大一些的孩子在闹洞房，我们只是看，趁人少的时候，就走到新娘子面前，看一眼，嘿嘿地傻笑一下。那时候也不知道啥叫漂亮不漂亮，只觉得新娘子穿一身红色的新衣服好看。大人们说让新娘子摸摸头，会有福气。那时候也不懂，只觉得让新娘子摸一下头，是很高兴的事，当时会连蹦几个高。倘若新娘子给你一块糖或一个火烧，那更是乐不可支的事。

　　就在二叔二婶结婚后不久，乡亲们沉浸在节日的氛围中时，街上传来"小庆家要回娘家，不跟小庆过了"的议论。我们小孩子不懂，但感到好奇，就时不时地往他家跑。还真看到几个大娘、婶子、嫂子轮流做二婶子的工作。这个说："嫁鸡随鸡，嫁狗随狗，我们女人都是这个命！"那个说："都结婚了，说啥也晚了！"还有的说："咱庄稼人啥有文化没有文化，大老粗又怎么了，能出力，好好过日子不就行了！"二婶子听不进去，始终是一把鼻涕一把泪："没想到他大字不识一箩筐，给他说什么也不懂，就知道行行行、好好好、是是是，三脚踹不出一个屁来，我这日子咋过呀！"

　　二婶子有文化，初中毕业，在那时农村女孩能上完初中的可是凤毛麟角了。二叔呢，也许是家庭条件不允许吧，他没上过几天学，连小学课本也没摸过几次，人又老实本分，也不能说会道，相对于二婶子，他确实是"蛤蟆蝌蚪撑轮船——搭不上帮"。但二叔是个庄稼好把式，又能出力，在村民中口碑很好。二婶子虽然最终没有回娘家，但由于两人没有"共同语言"，二婶子没少在以后的日子里熊二叔。二叔也有自己的原则：你说你的，我做我的，该吃的吃，该睡的睡，家务事由二婶子做主，二叔则言听计从。日子虽有波澜，但还算顺顺利利地往下过。

实行家庭联产承包责任制后，土地分给农户，这时候二婶子和二叔的优势发挥了出来，二婶子头脑灵活，二叔又肯出力，他们的庄稼明显强于街坊邻居的庄稼，他们俩也就很少吵架了。特别是他们生了堂妹小荣和堂弟小龙后，二婶子的精力转移到培养两个孩子上，虽然堂妹小荣没有上到高中，但堂弟小龙学习成绩很优秀，后来成为我们本家第一个博士生，现在也是我们村唯一的博士后导师。

二婶子前半生吃了不少苦，受了不少委屈，但她也是成功的，也得益于她的"有文化"。近几年，我回老家见到她总是挂着微笑，可见她的生活很幸福。

剃头匠

20世纪六七十年代，理发没有先进的工具，用的全是剃刀，剪头发不叫理发，而叫剃头，所以男人不分大小一律都剃光头。有的小孩，家长为了好养活，给孩子剃头时在前边留一撮，后边留一撮，美其名曰"八十毛""九十毛"，企盼孩子将来能够长寿。剃光头，大人是为了好洗头和劳动，小孩子则是防止头上长虱子。

我们村在周边算是大村，人口多，为此，剃头匠会五六天来一趟。剃头匠都是挑着剃头挑子走街串巷做生意的，他的剃头挑子一头挑着火炉，用来烧水给客人洗头，一头挑着凳子等剃头工具。火炉往往是来前就烧着了的，难怪人们会说"剃头挑子——一头热"。冬天大概是上午八九点钟，太阳升起来后，他把剃头摊子摆在背风太阳晒得着的墙根处；夏天一般都是在中午，等生产队社员收工后，找一处树荫，开始工作。剃头匠先是把剃头挑子放好，从附近水井中打水，生炉子烧水，再把油乎乎的荡刀皮（一种磨剃刀的工具）挂在墙上或树上，把水盆、毛巾、布单以及收拾碎头发的笸箩一一摆好，然后坐在凳子上等人来。

无论大人小孩都抢着第一个剃，因为第一个剃用的是干净的温热水。尽管火炉上一直蹲着烧水壶，但由于忙，特别是人多排队时，剃头匠顾不上去烧炉子和去井上打水，再加上他为了节约烧炉子的劈柴，往往一盆水要几个人洗，水黑得实在不行了，他才换一盆新水。所以，有的人怕水脏，就抢着第一个剃。还有一家子一块来的，大人和孩子在一起排队，轮到他们一家时，他们以一家几人用一盆水为由，要求剃头匠换一盆新的温热水，剃头匠也不吭声，任由这家人把脏水倒掉换新的。但如果是一个人来，他便不好意思要求自己使用一盆新温水，也很自然地接着在前边人用过的水里洗头。

等剃头的人往凳子上一坐，剃头匠先是把那露着白底的围裙往客人身上一搭，将一头缠在客人脖子上，然后把一条分不清底色、黑乎乎、油渍渍、散发着浓烈脑油味的毛巾围在客人脖子上，塞进客人的领子里。若是冬天，毛巾格外凉，甚至会让客人打个寒战。然后剃头匠会按着客人的头在水盆中洗，把头发湿透后打上肥皂，使劲地揉搓，待搓着感到头发松散后，用水进行冲洗。洗到肥皂泡不见了，便用一条同样分不清颜色的毛巾擦擦，再把毛巾放到另一盆从头到尾基本不换水的热水盆中浸泡一下，拿出来拧个半干，啪地一下捂在剃头人的头上，让头发和头皮柔软放松。这时剃头匠拿起剃刀，转身在荡刀皮上磨几下，他的手非常灵活，角度、力度掌握得很是到位，剃刀在头上上下翻飞，十几刀就把头剃完，一个泛着青色的光头就呈现在人们的眼前。剃完后也不再给洗，用那条黑乎乎、油渍渍的毛巾，噌噌擦上两下就大功告成了。剃头匠也不管有没有碎头发掉到脖子里，一把把围裙从客人身上扯下来，用手一拍客人的光头："好了！"就让客人走。有时候客人的头发通过领口落进棉袄里，要刺痒好几天。

若是有人刮脸、修鼻毛，剃头匠则用那条黑乎乎、油渍渍的毛巾在热水中烫过后，捂在客人的脸上，热敷一会儿后再给客人刮。当初也不知道大人们是如何忍受那个味的。

按说小孩子的头是好剃的，其实不然，特别是冬天，尤其是春节前，小孩子的头发最难剃。因为小孩子的头基本上一个冬天不剃，剃了怕冷，有头发还能起到保暖的作用。到了春节，不得不剃，一来一冬天头发长得很长了，二来过节了，新年新气象，再怎么也得剃头，图个吉利。孩子一冬天不剃头，也不洗头，白天在泥里土里疯玩，几乎每天都是跑得一头汗，晚上还得戴着帽子睡，那头发被弄得像"毛毡"，硬邦邦地贴在头皮上，加上厚厚的皴，有的还有虱子在上边做窝。剃头匠最不愿意给小孩子洗头，每次他都会让跟去的家长给洗，无奈家长们就把孩子头按在水盆里反复揉搓，使劲地往上打肥皂，在不换水的情况下，洗上两三遍，直到头发松散、柔软了才作罢，然后告诉剃头匠："洗好了，剃吧。"剃头匠随手拉过去，按他的程序剃，问一句："还要不要'八十毛''九十毛'？"家长说要，他则给留着，说不要，他则给剃光。

20世纪70年代后期，我才不剪"八十毛""九十毛"了。哥哥买了一把推剪，他学着给家人推剪，我也从此留起了"小平头"。留的"小平头"可以一个多月剪一次，冬天头皮不冷了，我洗脸时用湿手在头上捋几把，头发上的灰尘也会被擦去大半，"毛毡"头再也没有出现过，虱子更是无处安家，消失得无影无踪。这时的剃头也不叫剃头了，叫理发。

后来，我也学会了理发，初高中同学、部队的战友很多人都找我理发，直到近几年，我才放下这个手艺。

五奶奶

五奶奶是我本家远房的奶奶，小脚，瘦瘦的，矮矮的，但她走起路来一点不慢，总是风风火火的，这也许是她的一种"职业"习惯吧！

五奶奶是个接生婆，她的"职业"生涯长达四十多年，我们村 20 世纪 40 年代后出生的人百分之八九十都是她接生的。五奶奶一生接生了多少个孩子，连她自己也说不清。只要产妇临盆，叫她一声，无论她在哪里，在做什么，无论是刮风下雨，还是天寒地冻的下雪夜，她都会放下手中的活或一骨碌从床上爬起来，拿上她那把磨得锃亮的剪刀，赶到产妇的家里。

她先是让产妇家人去烧一锅热水，放在旁边备用，再从锅下取一把细细的柴灰放在旁边，然后让家人们在外边等着，她一个人侍候产妇生产的全过程。

顺产的，很快就从屋里传出孩子的哭声。她麻利剪断孩子的脐带，然后抓一把柴灰撒在伤口上，把孩子在温水盆里洗净，拍一拍孩子的后背，就自言自语地说声："母子平安！"叫产妇的家人安顿孩子、照顾产妇，她便悄无声息地回到自己家。遇到难产的她从不急不躁、不厌不烦，耐心地做产妇的工作，帮助产妇调整产位，哪怕折腾一夜，累得虚脱了，她都能坚持接完，确保母子平安!

　　五奶奶是个义务接生婆,给人家接生分文不取。据老人讲,多年前村里的老接生婆死了,再没有人会接生。有一年,五奶奶隔壁的人家要生孩子,赶在了半夜,家里人要拉着去邻村,但又担心在半道上出事,急得他们抓耳挠腮,听到动静的五奶奶披衣下床赶了过来:"别急,让我试试!"主家见是五奶奶,既不放心,又不好拒绝,正在犹豫间,五奶奶已走到产妇前,指挥着他们家人忙这忙那,自己则按照见过的老接生婆的方法开始为产妇接生。还别说,算是这家人有福,五奶奶第一次接生就顺利地完成了"任务",感动得这家人千恩万谢。从此,五奶奶走上了"职业"接生婆之路。

　　新中国成立后,村里有了赤脚医生,但是,赤脚医生的接生水平差得很远。也许是男医生接生,产妇紧张,难产的越来越多,动不动就往公社医院或县医院送。主家花钱不说,来回折腾,大人孩子都遭罪。于是人们就上门求五奶奶"出山",五奶奶也是乐此不疲。

　　五奶奶高寿,享年八十九岁。

二　叔

　　在我的本家里，我有好几个二叔。这个二叔是"假的"，或许是他上边有一个哥夭折了，但从没听大人们说过他有一个哥，只有一个姐姐；或许是为了好养活，他的父亲——我的那个爷爷才给他取了个小名，叫"二妮"。长辈们都叫他二妮，平辈的都叫他二兄弟或二哥，我们这些小辈的也顺其自然，叫他二叔。

　　我们小孩子分不清楚，哪是礼貌，哪是好玩。见有人叫他二妮，我们就觉得好玩，"二妮、二妮"地在他身后叫着起哄。这时，他就会假装要揍我们，做出追的样子，我们便一哄而散。待他转身要走时，我们又聚拢过去接着喊。他要是真的"急了眼"，迈开大步，三五步就会抓到一个，瞪着他那双大眼吓唬你："叫你喊，我叫你喊！"他的大巴掌就会啪啪拍在你的屁股上，响归响，但不是很痛。只要听到我们说"二叔，我以后不喊了"的求饶，他则会放了你，说"滚吧"。

　　二叔在村里是出了名的能人，在我们小孩眼里几乎没有他不会的，我很佩服他。

　　二叔会木工活，他家的家具都是他一手打造的，虽然略显粗糙，也许是不上油漆的缘故吧，但都很好用。他扢的"太帅椅"很舒服，人在上边坐久了也不觉得累。他给我们做玩具，随着锯子的哧哧声，三下两下便做成了。他给我做的小手枪，我玩了很久，到后来都"包好了浆"，整个小枪被把玩得油光锃亮。

二叔会做豆腐，他先用小磨把泡好的豆子磨碎，过滤出生豆浆，然后把豆浆放到锅里熬，熬到一定程度，就倒一点卤水或向阳河桥头附近的水（他说只有桥头附近的水才能做成豆腐），待冷却后豆腐就成了。他会第一时间，拿着一块豆腐送到与他斜对门的我家，娘就推辞，他就说："自己做的，孩子们都在长身体，让他们吃去吧！"我挖一勺豆腐放到嘴里，滑滑的、嫩嫩的。

二叔会杀猪、宰牛、剥羊，生产队的猪、牛都是由他宰杀。他的剔骨技术很棒，虽不能说达到庖丁解牛般的程度，但杀猪刀在他的手中上下翻飞，剃得骨头很干净，且肉不碎。给生产队杀猪宰牛他挣工分，给个人杀猪剥羊，他只要人家的一点下货，回家煮好，分给左邻右舍的近门子，当然，我也能解一下馋。在我印象中，农户养猪、羊都是用来卖钱的，一般若不是它们因故死亡，农户是不会舍得宰杀的。

二叔会做饭炒菜，在那缺盐少油的时代，街坊邻居家有了红白事，都是让他掌勺，他会变着花样地做很多菜，做出的菜色、香、味俱全，总是被人们抢食一空。

二叔会淋盐，他把墙根下边因风吹日晒、雨水洇过而变得细软的土收集起来，收集一定量的土要扫很多的墙根，费时费力。他在闲置的旧房子里支一口大缸，上边拉一块四角吊起的细布，把他收集来的细土放上去，然后边搅拌边一舀子一舀子地往上舀水，水把土拌成了稀泥状，慢慢地通过细布的缝隙滴进缸里，反复四五次后,他把土放进嘴里,确认没有咸味后再换新土,再搅拌,再舀水一遍一遍地淋。淋盐很麻烦,把那些土过滤完得好几天,甚至十多天。滴进缸里的水太多,装不下,他就倒进十几口从邻居家借来的大缸里。待土被全部淋完,就把缸放在太阳下晒,经过一个多月的暴晒,有的缸壁上就会出现一层薄薄的白色粉末,这时就可以倒进锅中熬了。待水蒸发完,锅底就会出现一层盐。二叔说,这不完全是盐,里边含有硝。把盐重新稀释,然后再熬,熬干后硝与盐就分开了,硝成末状,盐成结晶,用细罗过一遍,盐则可食用了。如此,不知要熬多少锅,烧多少柴火,才能积攒一小坛子盐,能有二斤就不错了。硝,二叔能把它做成火药,加木炭,加硫黄,按一定的比例调配,给他的火铳准备了"弹药"。那时候海盐基本能够保证供应,但人们如果不及时去代销点买也会断顿。这时左邻右舍的都会想到二叔:"二兄弟,借点盐,等买了还给你!"娘有时也去找二叔。"借啥借,拿去

吃，又不是啥贵重东西！"二叔总是笑嘻嘻地用小勺挖给来找他借盐的人。他的盐不好吃，也不是很咸（当然是放得少），吃到嘴里感到苦涩（含硝等其他物质），有时还有点牙碜，只能做应急用。

二叔更牛的是会好几样乐器，能吹、拉、弹出很多曲子。特别是夏天，二叔会拿一块苇席爬到他的房顶上，一边纳凉一边演奏他的乐器。我们附近几个小孩，也像他一样拉一领破席（席边破得已不整齐，中间还有小洞，是用旧布缝上的），趴在房顶上听。二叔困了就停下来，接着在房顶上睡。我们听曲没有听完整过，听着听着或开小差或不一会儿睡着了。二叔文化程度也不高，充其量是小学文化程度，但只要是他听过几遍的歌曲也好，戏曲也好，他就能吹拉弹出来。二叔的二胡和笛子是他自己做的，虽然粗糙，音质很一般，但他吹、拉的曲子在我们看来还是很好听的。二叔还有唢呐，是他下狠心花"巨款"买的，他说做不了，太复杂，特别是前边的铜喇叭，人工是做不出的。二叔最拿手的是他用唢呐吹出的《百鸟朝凤》，十里八乡都知道。二叔还能就地取材，一根芦苇秆，一片树叶，在他嘴里都能吹出曲子。

两年前，我回老家去看二叔，我们谈起过往，他很兴奋，拿出他的二胡，拉了一曲，曲毕，他嘿嘿一笑："老了，弦也调不准了！"近九十的人，拉起二胡来依然有板有眼，着实不简单。

我祝二叔健康长寿，福如东海！

山　岭

　　山岭，学名叫曾庆松，是我儿时的小伙伴之一，也是我三年级之前的同班同学。他比我高一辈，虽同龄，但我得叫他叔。我们两家的院子挨着，我俩几乎每天都形影不离，一起上学放学，一起去割草，一起玩耍。他的户口在东北，是因为他爷爷——我的四老爷爷当年闯关东去了东北。后来他回了老家，他在老家是跟着四老爷爷、四老奶奶一起住的，他的爹娘、兄弟姐妹全都在东北。

　　山岭性格内向，有点胆小，但他很聪明，也很爱学习，每次考试的成绩都比我强，以至于爹训我时总拿他跟我做比较："你看看山岭考的，你再看看你考的那点分，不够塞牙缝的！"但我不在乎，"雷雨"过后，还是一片"晴天"。而山岭是批评不得的，他会哭，好几天都不高兴。

　　山岭爱哭，在左邻右舍甚至在半条街上是出了名的。他动不动就哭，特别是放学回到家，见不到他奶奶，他就立马会哭，闭着眼睛，坐在地上，嘴里喊着："奶奶呀，奶奶！"谁劝也不行，谁拉也不起。多长时间见不到他奶奶，他就会哭多长时间，任嗓子哭哑，鼻涕一把泪一把。他奶奶回来了，他虽然停止了哭喊，但还是要坐在地上缓一阵子。他奶奶给他喝点儿水，拿一个干粮，然后他便若无其事地出去跟小伙伴们玩了。

  那几年我几乎没有见他大笑过，唯有一次他笑个不停，甚至笑出了眼泪，我都不笑了，他还在大笑。那一天放学后，我俩办了一件"大事"。我家房墙洞里长了一窝马蜂，成天在人头顶飞来飞去，大人们一直担心它们会蜇人，想着找时间把它们的窝烧了。这事让我知道了，就和山岭商量如何去烧马蜂窝。他帮我出谋划策，决定在一根长杆子头上绑上破铺衬（破布），然后再浇上点煤油。我们担心马蜂飞回，见我们烧它的窝，蜂拥而来叮我们，就事前在头上先套上大人的衣服。头从衣服的袖口钻出，再戴上草帽。确定安全后，点火，把杆子迅速地向马蜂窝举去，马蜂窝呼地一下被点燃了。不一会儿，巨大的火苗就从墙洞中往外窜，没有被烧着的马蜂四处乱飞，也有几十只向我俩飞来。虽然我们已全副武装，但还是被他们的气势吓得拔腿就跑。出了我的家门，跑到山岭家的院子里，我们两个人笑得几乎岔了气。四老奶奶见我俩一个劲地笑，不明就里，问我俩为啥笑，我俩谁也不搭她的茬，只顾自个儿笑。事后娘训了我一顿："你要是被一窝马蜂蜇了，会被蜇死的。"

  在小学二年级，我和山岭参加完学校组织的植树节，也想在自家院里种一棵自己的树。我俩感觉势单力薄，就把我俩的想法告诉了繁选、刚山、继山，他们也愿意加入。繁选、刚山比我和山岭大两岁，繁选提供了获取树苗的地方——我们生产队的苗圃。繁选说，那里边没有别的树苗，只有杨树苗和榆树苗，我们只要榆树苗，不要杨树苗，听大人说杨树不能栽家里。我们进行了分工：繁选负责放哨，一有情况他就吹口哨；刚山有劲，负责运输；我和山岭、继山负责去挖树苗。我们不敢用铁锹，怕目标太大，只得用割草用的小铲子挖。好在苗圃的榆树苗都不大，直径有三四公分粗，一米四五高，我们十几铲子就能挖一棵。我们挖一棵，刚山就快速地将树苗运到打麦场的麦秸垛之后藏好。挖完后，我们就把树苗往家拿。繁选警惕性高，他说走在前边，若遇到人，他用口哨示警。我们则很快地钻进附近的胡同里，刚山扛两棵，其中有一棵是繁选的。到各自的家门口后，各自回家。由于家中已有其他树，空闲地不多，我们不约而同地把树苗种在了自家的粪坑边上。我们的树都长大成材了，唯独山岭的树第二年便死了。

我们上小学时还在"文化大革命"时期，学校经常叫我们唱红歌，还组织编排演出红色剧目。那时候最热门的剧目就是《沙家浜》和《红灯记》，上级要求小学生也要参加学校的汇演。我们班也编排了这两个剧目，都是学生自导自演，我印象最深的是山岭演的李玉和，继山演的鸠山，其他角色我记不清了。山岭的演技相当不错，有板有眼，我们班的演出还获得了学校和老师们的好评。

小学三年级的上半学期，山岭的爹娘从东北回来，带来了一些松子，山岭送给我一些。我是第一次见松子，那时松子不像现在的松子都开了个小口，虽然也炒熟了，但是你如果也像扒葵花子一样去扒，根本扒不动，用牙嗑也嗑不动，用牙咬，咯嘣一下就会咬碎，松子的皮与肉都碎在一起，你一块咽，皮太硬，吐皮时一块连肉都吐出来，根本吃不到东西。山岭教给我用小锤子敲，由于力度掌握不好，也是吃一半扔一半。

原来他的爹娘是来接他的，我听说后，劝他不要走，他说不行，他爷爷奶奶也会去。我说："过一段时间你再回来。"他说："好，有机会你也去东北玩。"我们的小手勾在了一起。听大人说，山岭回东北是因为他的爷爷、奶奶年纪大了，需要人照顾，他爹娘不得不把他们接回去。他们临走时，曾家的大人们都去送行，我也去送山岭。临上车时，山岭哭了，我也哭了。和他一块走的还有继山，我一下走了两个很要好的朋友。

后来，山岭再也没回来过。因为继山的奶奶在老家跟他二叔过，继山后来回来过两次，我都第一时间赶过去看他，打听山岭的情况。继山说，山岭也在惦记我。他说山岭还是很爱学习，年年都是"三好学生"。自从继山的奶奶去世后，继山再也没有回过老家，山岭的消息也就中断了。

直到1986年，我从部队回家探亲，听在东北打工回来的庆标大叔说，山岭大学毕业不久，也不知道什么原因，他去世了。听到噩耗，我非常吃惊，感到非常难过。心里还一度骂他：不忠，忘记了国家的培养；不孝，父母之恩还没报答；不义，丢弃了我们的约定。

谨以此文纪念山岭，愿他在天堂安好！

小　五

　　小时候，我不爱学习，虽然也很顽皮，但很少跟人打架，因为长得瘦，个子也不高，所以很少去找事、惹人，见事儿不好，就逃之夭夭。我记忆深刻的打架事件有三桩。

　　第一次打架是与小震。当时我们都在看新媳妇、闹洞房，在打闹嬉戏中，我钻到了门厅的桌子底下，正要探头出来时，被小震甩的钢铃（拴着绳子的钢圈）砸中了鼻子，顿时眼冒金星，鼻孔哗哗地流血。我一见血，怒火中烧，起身扑倒小震，把他压在身下，一阵拳头向小震身上打去。小震也不示弱，立马还手，我们滚打在一起。随后大人们把我们拉开，我被送去了医务室，好不容易止住了血，脸肿得很大，像大象，眼睛都被挤到脸两边去了。

　　第二次打架是跟小民。运成给我起的外号，也不知道什么时候传到小民耳朵里去了。我对外号很忌讳，为此，还跟运成翻了脸。有一天放学，小民叫我的外号，我急了眼："你再叫，我就揍你！""就叫，叫的就是你！"说着小民就连叫了三声。第三声还没落地，我的拳头就砸在了他的身上，于是我俩扭打在一起，继而翻滚在地上，后来被老师发现了。老师拉开我俩，并把我们批评了一顿。

第三次打架是和小五。小五人很老实，性格有点像女孩子，但他娇气、"霸道"。其实他不是排行老五，他有四个姐姐，为了好养活，大人们就叫他小五。冬季的一天，课间休息时，我爬到教室外的窗户上晒太阳，结果小五不让，说是他的地方，让我下来，我不肯，他就拉我，我一下子摔在地上。我有点急，但没有动手，靠近他想跟他说理，他用手朝我脸上拍了过来。我见他先动的手，我也双手向他脸上、头上拍去。由于双方都是双手乱舞，都怕打着眼睛，干脆就闭上眼瞎打。打着打着，他哇的一声大哭起来，我睁眼一看，他嘴上出了血，地上丢着一颗牙，吓得我赶快跑了。这下我惹了大祸。后来我才知道，那时我们都处在换牙期，本来他那颗牙也有点活动了，但还是连在肉里，我的一巴掌加速了它的脱落。我远远地看到小五的四姐（同班，因故晚上了两年学）听到哭声后赶了过去，也不知道是安慰小五，还是了解情况，不一会儿，她就把小五领到了老师办公室（小五的二姐是我们的音乐老师）。也许他们姐弟本不是去告状，但被同屋的班主任张老师知道了。

放学后，张老师把我留下，叫到他的办公室，对我进行了一顿严厉的批评。我把打架的过程说了，他不听我解释。见我"犟嘴"，他扭起了我的耳朵，痛得我龇牙咧嘴。见我还在说"他先动的手，是他找的事"，他又狠狠地踢了我一脚。我心里非常委屈，想哭没有哭，强忍着眼泪。老师说："回家要钱去，赔人家的牙！"我见老师不公，不再争辩，转身跑了。

张老师的话让我无比担忧，怕小五他家里人找到我家里，或者老师告诉了爹娘，向家里要钱。虽然事不是我惹起来的，但依爹的性格，他会一方面向人家赔礼、赔钱，另一方面非把我揍个半死不可。我不敢回家，就躲在我家附近的一个旮旯里，听着我家有没有动静，看着有没有人去我家里。天逐渐黑下来，气温更低了，冻得我浑身打冷战，甚至上牙直跟下牙打架，但我还是不敢贸然回家。也许是过了吃饭的时间，娘见我没回家，就站在家门口叫我："小二，小二，回家吃饭了！"娘一连叫了三遍，我才敢露出头来。娘见我躲在旮旯里，非常生气地说："躲那里干啥？犯啥错了？"我听出来，好像小五家里人没到我家来，老师也没告我的状，我这才大胆地走出来回家，但没敢告诉娘白天发生的事。

后来班主任张老师、教音乐的杨老师没有再找过我，倒是我的同学、小五的四姐，每天都在一个班里上学，找过我几次，向我要赔牙钱。我则不言不语，低头走过。到了第二年夏天，傍黑，我在校园里摸爬叉时，碰到小五的三姐，她说："小五的牙还没长出来，你要赔钱！"我心想，骗谁呢，小五掉的那颗牙的地方已长出新牙，豁着的地方是他刚掉的，我把头扭到了一边。

后来，小五考上了县城的高中，我则上了另一所高中。他大学毕业后当了老师，留在了县城里。我则高中毕业后当了兵，上完军校留在了济南。我们再也没有见过面，中间通了一次电话，彼此说的更多的是同学情谊。我说到我们打架的事，他扑哧一下子笑了。

同学、战友，无论你在哪里，无论多久没有联系，总有着浓浓的情谊啊！

贼大胆

我小时候胆子比较大，除了怕爹手中的鞋底拍在我屁股上以外，我几乎啥都不怕。登高爬梯、下河摸虾，从高高的桥栏杆上往水里跳，对于我来说是"家常便饭"。娘担心我出啥意外，特别是我被"淹"过两次时，把娘吓得腿打哆嗦，为此娘常常对我唠叨，不许我干这，不许我干那，但我转身就忘了。

那时候，大人们为了镇住小孩，经常用鬼神的事吓唬小孩。说什么鬼披头散发、青面獠牙，两只眼睛的眼珠向外突着，甚至挂在腮帮子上，张着血盆大口，常常半夜里出来，找不听话的小孩。我听了有些害怕，却不往心里去，听完就忘了。

我家后边住着一位老奶奶，破屋小院，没有墙。靠着大街，她无儿无女，我们玩时经常围着她的房子转，惹得老奶奶不得安生，为此她经常训我们，拿着拐棍，迈着她那一双小脚，扬言要打我们。我们知道她追不上我们，有时候故意惹她，在她院子里转，高声喊叫。有一天晚上，我们又在老奶奶院前的大街上玩，不知谁说了句："老奶奶没在门前坐着，可能是在屋里，我们逗她出来吧！"说完，我们就呼啦一下跑到老奶奶的院子里。结果一看，老奶奶屋里泛着蓝光的火（是燃烧着的香）。借着蓝光我们看到屋的地板中央多了一张床，好像床上躺着一个人。不知谁咋呼了一声："老奶奶死了！"吓得其他伙伴呼地一下子跑远了。我拖在后边，心想："不对呀，娘中午还说老奶奶做不了饭了，给她送点饭去！怎么说死就死了呢？"我把我的想法告诉小伙伴，他们不信，都说死了。还有人激我："不信，你去看看，你敢去吗？""我敢，去就去！"说完，我就跑到老奶奶的床前，叫了一声"老奶奶"，没人应声，我又向前靠了靠，借着香发出的蓝光，我隐约看到老奶奶身上盖着被子，头上戴着帽子，眼睛和嘴都闭着。"老奶奶。"我的声音很小、很颤，似乎只有我自己听到，老奶奶没有应声。此时，我紧张得腿有些颤抖，腿好像不是我自己的了，脚底像踩了棉花。但我没有惊慌，一步步走到小伙伴那里。"老奶奶是死了！"我又充起了英雄好汉，"怎么样？我是不是敢去了？有种的你们也过去看看！"小伙伴们没人应声，更没有一个人敢去。

不几天，这件事传到娘的耳朵里，她指着我的鼻子骂："好你个贼大胆，这是你老奶奶，街坊邻居的，她不吓唬你，若是别的，她就把你抓去了！"

长大后，我想：娘骂我"贼大胆"，也许她认为小孩子看死人不吉利吧。

同桌的她

我上了十五六年学,有过多少同桌记不清了,就连最近的中央党校函授本科班的同桌也没有一点印象了,唯独对小学一年级时第一个同桌周运成记忆深刻,因为他给我起外号,我们打了一仗。这一仗是我为数不多的一场胜仗,我把周运成按在地上暴揍了一顿。

前些年,有心的初中同学建了一个群,把我拉了进去。我感到很陌生,对多数同学已记不清名字了,特别是女同学,她们长大后都嫁到了外村,几十年来从未谋面,连她们的名字我都忘得一干二净了。我点开她们的头像,试图从她们的照片中找回过去的记忆,然而太难了。所以,一年来我在群里很少发言,发的多是共同的问候表情包,间或发一两条涉农的信息。

前几天,有个同学问了一个问题:"谁还记得当年自己的同桌是谁?"群里很长时间没有动静,过了几天才断断续续有人做了回答。最后张英说:"那时候前后两次是和曾繁涛同桌,一次是四、五年级,一次是初二,我退学的那一年。"我看到后既感动又惊奇,她怎么记得那么清楚呢?我沉下心来想了想,只记起曾经和女同学同桌过,几个、和谁,一概不记得了。看了信息,出于礼貌,我回了一条信息:"感谢老同学还记着我,欢迎有时间到济南做客、叙旧！"

张英加了我的微信，我们开通了视频聊天，在她的提示下，我过去的记忆渐渐从脑底冒出，由模糊到清晰，由黑白到彩色。

那时候上学不分男女，是混坐的。老师安排你坐哪你就坐哪，让你和谁同桌你就要和谁同桌。老师也会隔一段时间调座位，或个别调，或全班普调。一般情况下女生不同桌，可能是老师怕她们在一块就会"唧唧"吧。我和张英同桌，第一次是普调到一起的。张英那时候学习好，还是班干部。我学习很一般，主要精力放在玩上了。男女生虽然同桌，但是不能说话，更不能拉手，甚至连碰一下都不行。"男女授受不亲"，我们这些学生对这一金科玉律都遵守得很好，执行得很严，否则被其他同学发现，那要是在班内被起哄好几天的。一连好几天你都抬不起头来，灰溜溜的。

张英学习好，脾气也大，嗓门高，属于"得理不让人"的那种人。但你只要不去惹她，她一般不发火。当时我觉得这和我没关系，你学你的，我玩我的，我俩井水不犯河水，相安无事。但是张英写作业有个"毛病"，她坐在我的左侧，喜欢面向左前方，侧着身子写字，也许是她想把背甩给我，以示划清界限。侧着身子坐，又趴在桌子上，就自然而然地向我这边滑，慢慢地挤我。见她挤我，我就躲。我越躲，她就越挤。最后挤得我的地方只剩一点，我把左手放到桌子底下，只把右手放在桌子上面写作业，有时翻一下书都费劲。我忍无可忍，忘记了"男女授受不亲"，就用左胳膊肘轻轻碰她一下，以提醒她越界太多了。碰一下不行，碰两下，碰轻了不行，碰重点，还是不行。正当我一筹莫展之时，有个别同学开始起哄："碰女同学，碰女同学。"张英红着脸转过身来，也许是为表明自己的清白，她发起火来："碰啥碰啊！碰一下不理你，还碰第二下，第三下就使劲碰！"她眼里泪汪汪的，使劲地瞪我。这下，全班同学都齐刷刷地把目光投向了我，有的还在喊："碰女同学，碰女同学！""我……"我百口难辩，气得直跺脚。教室中的叫喊声惊动了我们的班主任，班主任不由分说把我叫到他的办公室，劈头盖脸地先把我训了一顿。我感到委屈，就把事情的来龙去脉说了一遍。也许是老师觉得错怪了我，最后说："啊，我知道了，回头我找张英，让她注意点，不再挤你。回去好好学习。"我和张英同桌两年，后来她再挤我，我也没有再碰过她。

升入初中，我也不知道哪根筋转了回来，我知道学习了，并

且学习成绩很快挤进了全班的前列，不久我还当了班长。有一阵子我和张英的学习成绩交替领先，甚至我在语文、数学两个科目的学习上还占有优势。初二时调座位，我又和张英调到同桌，还是她左我右，她还是天天挤我，我在课桌中间用铅笔刀挖了一条"沟"，也不起作用。无奈我用我的课本摞成摞，放在中间线附近，让她碰到书时注意一下。一年内我们没有发生矛盾，也许是都把劲用在学习上了。

初三开学好几天了，也不见张英的影子，我感到很纳闷，但也不好意思问，老师也没说。又过了几天，老师把另一个同学调到张英的位置和我同桌。后来，我上了高中，当了兵，再也没见到过张英，她的形象也渐渐隐去。

视频中，张英哭了，哭得很伤心。她说没能上完学，是她终生的遗憾，也成了她心中永远的痛。我一边安慰她，一边问她为什么当年好好的，说不上就不上了，以她的成绩上个普通高中是没有问题的。她说她是没有办法，她爹病得卧床不起了，她得帮娘干活，供她弟弟上学。我想说些别的话又觉得不妥，只能说我有个电话进来了，找时间再聊。"好的，让老同学见笑了，我没事，过去多年了，我只得认命。现在好了，我儿孙满堂，也感到很幸福了！"

后来，我在初中同学群里发了一条信息："@所有人，祝福奔六的同学们幸福安康！！！"

石　榴

　　石榴是外孙的乳名。他出生于 2021 年 10 月 16 日，故取名石榴，属牛，体重自八个月开始就是 26 斤，到现在我写这篇文章时快两岁了，还是 26 斤多一点，胖乎乎的，像个肉墩，白嫩嫩的，"帅"气十足。

　　石榴小脑袋很聪明，几个月大就能听懂你的话一般地跟你交流，时不时"嗯"一声并点点头，不同意时，他会摇摇头。他不会说话，大多时候用手指表达他的意思。他从房间里出来，会指门口，去哪个房间会指哪个房间的门，要什么东西也是。他喜欢听歌，特别爱听《幸福拍手歌》，若要听歌，他会一边指向"百度"播放器，一边两只小手拍起来。当音乐响起，他会挥舞着小手，跟着节拍上下舞动，就像指挥乐队演出一样；唱到"拍手"时，他也拍拍手；唱到"跺跺脚"时，他会在你怀里蹬蹬腿。他也喜欢看书，我给他买了八大摞小人书，他会挨着翻，看到他喜欢的，他会"嘿嘿"笑，只不过看书没有三分钟的热度，这本还没看完，他又换了另一本。

　　石榴很乖，吃饱、睡足后，从不闹腾，只让大人们变着花样逗他玩即可。他早晨起床比较准时，一般在七点左右，醒了也不哭不闹，自己找到奶嘴含在嘴里自己玩。当看到妈妈醒了，便翻身爬过去，用小手抓妈妈的手，指着屋门"呀呀"几声，意思是该起床到外屋去玩了。上午和下午他各睡一小觉，只要他一揉眼睛，就说明他困了。大人把他抱到床上，他自己抱着奶瓶喝奶，喝完了他也睡着了。晚上睡觉也是如此，只不过半夜还要喝一次奶。等他醒了，大人给他喝上奶，就不用管了。

石榴会"逗"人玩，你跟他要他手中的东西，他会递给你，当你伸手去接时，他又马上把手缩回去，看着你还咧开小嘴笑，当你收回手后，他又把东西递过来，你再接，他再收，反复几次，还咯咯地笑。在床上爬时，他故意猛地扑向床边，等你伸手去挡他时，他却趴在床边，手伸出床边，头枕在床沿朝你笑。你告诉他这样危险，他会"嗯"一声，向你点点头。

看外孙的活自然落在外孙姥姥也就是我妻子身上。"隔辈疼"一点不假，他姥姥伺候外孙不遗余力，比当初伺候他妈也就是我们的女儿还细心、耐心、周到，穿得多了怕热着，穿得少了怕冻着。外孙的饮食都是他姥姥亲手做、亲口尝。就是那么两口饭，要加七八种食材，说是增加多种维生素。由于伺候周到，饮食搭配合理，小外孙直到一岁多几乎没有长过大病，生点小病，大人喂他点药就好。但是，前几天外孙因病毒感染生了病，把他姥姥折腾得不轻。小外孙发了两天烧，他姥姥和他妈两天两夜几乎没睡觉，一会儿量体温，一会儿换降温贴或更换湿毛巾，硬生生用物理降温的方法使烧没有高上去。这可把他姥姥累坏了，因为小外孙感染病毒，他姥姥也没逃脱得了，加上以前她因肺囊肿做过双侧开胸手术，导致她感染症状比较严重，咳嗽不止，呼吸困难。经中医诊断为气血不足，不得不在吸氧（购买了制氧机）

的同时，进行中医调理。

看到外孙活泼可爱，健康成长，我不由得感慨万千，想起了我的小时候。

听娘讲，我小时候就像一个野孩子，大人们除了给点吃的，几乎没人管过。我生下来不久，娘因要到生产队劳动，把我喂饱后就放在铺着一张苇席的床上。夏天，床头和靠外的床边用砖头把苇席支起，防止我滚到床下。在苇席上放一些沙土，也不怕我拉尿。我拉了、尿了，沙土会很快把水分吸干，形成一个坨，我也不会把屎尿弄到身上。春秋天则给我套上一个睡袋，睡袋里也是装上沙土。冬天则套上棉睡袋，睡袋上边再盖床被子，被子周边用砖头压上，防止我滚下床。两岁前，我一直是这样睡过来的。

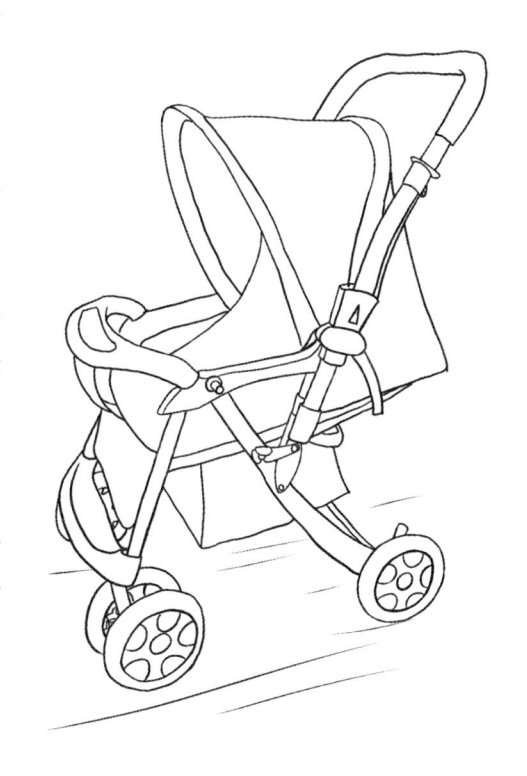

直到有一天，娘到地里劳动去了，我从床上爬了下来，自己打开屋门，跑到了院子里，在院子里撵鸡玩。待娘回到家，还以为是别人家的孩子跑到家里来了，仔细看后才认出是自己的孩子。想来也是可怜，正常情况下，两岁的孩子已经会说话，能在地上到处跑了，一向对孩子疼爱有加的娘却忘记了自己的孩子已两岁。

那时候，人们生活条件极差，一是为了挣工分，二是生产队要求不管男女老幼，只要能动弹，都要下地干活。没人看的孩子，只能独自待在家里，饿了也要等到母亲下地回来，哭喊也没人会听到。

现在，我们虽然过上了小康生活，但不能忘记过去，忆苦才能思甜。作此文，意在将来让外孙看到，能受到教育，好好学习，努力工作，做一个对家庭、对社会有用的人。

物

沙　土

我的家乡是鲁西南郓城县张营街道张官屯村。听老辈人讲，这里原是鱼米之乡，坐落在梁山水泊的西南边上，东南距《水浒传》第一章智取生辰纲的地方——黄泥冈两公里。黄河改道后（现北距黄河20多公里），因黄河泥沙的冲积，梁山泊水位退去，黄泥冈成了个大土堆。历史上黄河还多次泛滥，形成了多年的沙土窝。

"无风沙三尺，小风沙眯眼，大风日不见。"风和日丽的时候，人走在路上，蹚起的沙土附着在衣服上，让人分不清衣服的颜色；微风吹过，人们不敢出门，无法睁开眼睛；大风吹时，沙土遮天蔽日，天地间一片混沌，让人分不清东西南北，搞不懂白天黑夜（能见度比不上晴朗的夜晚）。起大风时，家家户户紧闭门窗，人们躲在屋里。可门窗关闭得再严，屋内还是被厚厚的一层沙土所覆盖，到处都是一个颜色，分不清"青红皂白"，人们一个个都成了"兵马俑"。这时人的五官最难受，要时不时地吐唾沫、揉眼睛、挖耳朵、抠鼻子、擦眉毛。

风沙给乡亲们带来许多不便，甚至造成灾害。沙土地含水量小，种小麦不能保证收获。秋末冬初乡亲们种小麦时，地里还有点水分，经过一冬，若赶不上大雪，好不容易存活的稀稀疏疏的麦苗，到了春季大风一刮，就会连根拔起，消失得无影无踪，乡亲们只有哀叹的分儿。

那时候家家户户有挖地窖的习惯，存放地瓜、大白菜、胡萝卜等过冬的食物，但由于地窖土质松软，常常会塌方。有一年村里就有一个人去地窖取地瓜时被埋在了里边，乡亲们抢救他时这边挖下去那边又塌下来，折腾了一个多小时，人被救出来时已经不行了。

人们吃饭时，只能囫囵吞枣，不能细嚼慢咽，上下牙齿不敢对拢，否则会硌牙。为此，乡亲们都养成了吃饭快的习惯。至今，别人三分之一的饭还没下肚，我已经解决战斗。

沙土也有许多好处，沙土地种出的西瓜个大瓤甜，甜中带沙；种出的甜瓜很面，人吃得急了会噎住；种出的花生虽不大，但含油量高。用沙土炒的花生格外地香脆。想吃咸的，就把花生去壳在盐水中浸泡后，放在锅里用沙土炒，既不煳，颜色又鲜亮；用沙土炒的玉米花非常香，黄灿灿的，煞是好看。

用沙土焖地瓜，焖出的地瓜格外香甜。秋天，在大人们刨地瓜前，小伙伴们下午放学后相约去割草，往往在割草前会先焖地瓜。在地上斜着掏一个洞，上边放上攥成团的沙土，做成一个小型的地窖，用大火烧。待沙土被烧得微微发红，把地瓜放进去，砸塌沙土埋上，然后我们就去割草了。一两个小时后，草也割完了，地瓜也熟了，于是我们就美美地吃上一顿。来济南后的三十多年里，我走遍了大街小巷，烤地瓜吃了不少，总觉得没有小时候"焖"出来的味道。

沙土最大的好处是给孩子或久卧在床的老人做铺垫，既经济又方便，不像现在用的都是纸尿裤、尿不湿，贵不说，还不透气，更换不及时，孩子或老人容易引发湿疹或褥疮。

那时候，谁家生了小孩，就用旧布做一个睡袋，冬天做成棉的，天暖和后则把棉花抽掉。把炒好的沙土放进去，睡袋就成了一岁前甚至三四岁孩子的安乐窝。

沙土要炒"熟"，才能灭菌杀毒。取来的沙土首先要用筛面的罗过滤两遍，去掉其中的杂质，再仔细地翻看几遍，防止有尖刺的东西，然后把沙土倒进大锅中翻炒，直到沙土像水开了一样咕嘟咕嘟地冒泡时，取出降温，待温度适宜后，放到孩子的睡袋中，使孩子的屁股完全包在沙土里。

孩子尿了、拉了，尿与粪便会与沙土形成一个坨，大人们会一块取出，然后再添加相应的沙土。

沙土吸水性好，能够使孩子的屁股周围始终保持干燥，故而湿疹无法产生。

娘在世时，久卧在床。由于患了尿潴留，小便失禁，时间一长，屁股红肿，继而溃烂。用了各种药涂抹不见好转，最后用上了沙土，不几天溃烂处便长出了新肉。

村北的沙土岗（我们那里叫"岗"，其实是很大的沙土堆）是我儿时最好玩的去处之一。沙土经常年风吹，受到房子阻断逐渐堆积起来，形成土堆，被称作沙土岗。沙土岗最高处有四五米，既不长草又不能种树。至于沙土岗历经多少年，又是哪年形成的，没有听老辈人说过，在我儿时的记忆中就是沙土岗了。

沙土岗有许多玩法。

玩滑梯（那时候没有这个名）比赛，小伙伴们爬上去往下滑，看谁滑得远。上岗顶是要手脚并用的，否则爬不上去，有时候半路就会滑下来。

玩打沙仗，小伙伴们以沙土为武器，相互用沙土打击对方，打急了就双手并用，两手急速地拨弄沙土向对方"泼"去，一时间"狼烟滚滚""硝烟弥漫"。双方或多方打累了方才"息战"，待沙土落地，我们一个个成了"金人"。由于出汗，头上、脸上沾了厚厚的一层沙，流出的鼻涕沾上沙土，堆积在鼻孔下边，颜色比脸上其他地方的沙土深，我们看上去活脱脱一个个"小日本鬼子"。

玩"泥窝窝"，我们在沙土中挖一个坑，往里面尿尿，待尿完全浸到沙土中，从沙土下面起出尿液形成的坨，比比谁的大。

冬天的中午，我们躺在沙土上晒太阳，有时把被太阳晒得热乎乎的沙土堆到身上，将自己埋进沙土里，只露出头。这样躺在里面很舒服，一躺就是很长时间，甚至会睡上一觉，直到家人来叫吃中午饭，才被扭着耳朵、提着领子，懒洋洋地往家走。

雨过天晴后，我们在沙土岗堆沙人、修沙雕，比比谁做得大、做得高。为了比谁做得结实，我们往往在太阳下等几个小时，太阳一晒，水分蒸发，沙人、沙雕自然就坍塌了。想必那年黄河沙雕的设计者小时候也玩过我们的游戏吧。

随着党和政府的重视，兴修水利、引黄灌溉，加上劳动人民的勤劳，村北一排排白蜡、阴柳逐渐长成，我的家乡和兰考县一样，风沙不见了，岁岁都是好年景，年年都有好收成。

我在沙土中出生，在沙土中长大，至今呼吸中还有沙土的清香。

铅　笔

铅笔，在我的脑海中留下了很深的印记。20 世纪 70 年代，小学生要想拥有一支 HB 铅笔（上海中华牌）那是不容易的事。

我小学时用的铅笔是很普通的那种：笔芯很软，很黑。削铅笔时不能削得过多，会使笔芯露出太长；笔芯刮得也不能太细，否则很容易折断。这样就会使写出的字线条较粗，很黑，而且写不了几个字就要重新削铅笔，有时不小心用力较大，笔芯很容易折断，所以一支铅笔用不了几天就用完了。这种铅笔写出的字也不易擦，写错了字用橡皮一擦就会黑乎乎的一片，当然也有橡皮质量的问题。

男孩子总是笨手笨脚的，削铅笔掌握不好力量和尺寸，往往不是削偏了，就是使笔芯露出得太长了，写作业往往急于完成，铅笔断的次数就增多，三两天一支铅笔就只剩下铅笔头了。没了铅笔，我就向爹要钱去买，往往得到一顿呵斥："铅笔是用来写字的，不是让你吃的！"那时候铅笔是一毛钱三支，现在看是十分便宜的，但那时候农民的收入也十分低。

不知姐姐什么时候买了一支 HB 铅笔，这种铅笔一毛钱一支，在当时也算是很贵的了，一般人不舍得买，要知道大人是汗珠子摔八瓣地干农活挣钱，一分钱恨不得掰开花。但是 HB 铅笔很好用，硬度高，不易折，削一次能用好几天，写出的字也干净，显得很漂亮，我羡慕得不得了。

有一次，趁姐姐不在家，我偷偷地拿出 HB 铅笔写了作业，确实好用，写错了，用橡皮轻轻一擦就干净了，不再黑乎乎的一片。正在我得意之时，忽然被赶回家的姐姐撞见了，她一把把铅笔从我手中夺了去："不许再用我的铅笔！"我央求姐姐让我把作业写完，她说什么也不给用。无奈我还是用普通铅笔写完，结果作业一半整洁一半黑。

姐姐有 HB 铅笔我没有，我不敢找爹要钱，就向娘要："凭什么给姐姐买好铅笔，不给我买？"娘说："那是你姐姐自己挣的！"原来邻居三叔从公社供销社领来了糊纸盒的活，分给了娘一部分，也让我家挣点零花钱。当时娘也让我帮着干，我由于贪玩没干，是娘和姐姐熬了三个晚上糊了几百个纸盒，挣了一块三毛钱。娘奖励姐姐才给了她一毛钱，允许她买一支 HB 铅笔。

我很失望，找娘要钱娘不给，找爹更不可能。但一写作业，我就想起姐姐的那支 HB 铅笔，拥有一支 HB 铅笔的欲望时不时地被唤起。

有一天，我在放学回家的路上碰到一个收蓖麻籽的商贩在吆喝："收蓖麻籽了！"我感到好奇，便凑过去看热闹。刚好，隔壁二婶挎着篮子来卖蓖麻籽。"一斤二两，两毛四分钱！"商贩边过秤边说，放下秤杆从腰间拿出小布包，从中点出两毛四分钱递给了二婶。"蓖麻籽也能卖钱？"我突然想起来，经常去割草的河滩上有一些野生的蓖麻，不知道让人采了没有。想到这，我立马跑回家，背起粪箕子就直奔河滩去了。

赶到河滩，心顿时凉了半截。中秋时节，蓖麻叶已经泛黄，有的已经脱落。我仔细地在蓖麻秸上寻找蓖麻籽，沿着河滩走了好远也没有找到蓖麻籽，原来蓖麻籽早已让人采了去。我坐在地上很失落地玩起了土，玩着玩着，突然像是发现了新大陆：一颗蓖麻籽油亮亮地从土里蹦出来。我喜出望外，如获至宝，赶紧把它抓到手里。原来这颗蓖麻籽是有人不小心掉地上的。我立即弯下腰在地上仔细找，扒着杂草，翻着土，不放过一点犄角旮旯。慢慢地找到一颗，不时又找到一颗。不知过了多久，天已经黑了下来，地上已看不清楚，我才停止了搜寻，找到了十七颗蓖麻籽。草也没有割，我高兴地回到家里。

我把蓖麻籽交到娘的手里："娘，我捡的蓖麻籽，你看能卖多少钱？能不能买一支我姐那样的铅笔！"娘接过去看了看："傻孩子，这么几颗能卖多少钱？连铅笔尖也买不到！"娘看我失望地低下了头，说："不要紧，你把它放好了，明年找个地方种上，到时候就能卖不少钱！"听了娘的话，我破涕为笑。

种蓖麻成了我的心事，一整个冬天我问娘好几次："啥时候种啊？"娘总是笑笑说："不急，到时候我告诉你！"

过了清明不久，娘就叫我："去把你的蓖麻种上吧，就种在院子外边的墙头下，土干的话，浇点水！"

我按娘的指点，仔细地挖好坑，浇上水，一颗一颗地把蓖麻籽放到坑里，又小心地一颗颗埋好，轻轻地在上边踩了几下。

自此，我每天上学、放学都要去看上几眼：看着它们破土、长大、开花、结果。每一个蓖麻成熟了我都及时地采摘，生怕丢失一颗。

劳动就有收获。那一年我种的蓖麻收获三斤四两，卖了六毛八分钱。娘给了我一毛，让我买了一支HB铅笔，我用了很久很久。

一双塑料凉鞋

在我的记忆里找不到上小学前夏天穿鞋子的片断，很多都是赤脚、光背到处疯跑的画面。一来是家里人多、穷，娘做一双鞋不容易；二来是晴天到处是土，雨天泥巴遍地。对于小孩子来说时不时在地上、水里滚爬，穿不穿鞋子倒也无所谓。只是偶尔有被扎脚的时候，那时候玻璃瓶碎片也很少，多数是被尖刺的树枝类东西所伤，都不很厉害，把扎进去的东西拔出来，小一点的用针挑出来，在伤口处用盐水冲一下就行了，之后照样光着脚跑。不像现在的小孩，有点伤就去医院，又是打针又是上药，好几天不能拆掉纱布。那时候不大讲究卫生，但也没听说谁谁谁的伤口感染了。

哥哥比我大12岁，那时候正是二十岁左右的青年小伙。虽然农村普遍很穷，村里人大多穿的依然是粗布衣衫，但哥哥自己收拾得很利索，显得比较精干。他高中毕业后，不能考大学，验了两次兵也没有去成，就在家里帮爹娘干活挣工分。有一天，他突然穿着一双黑色凉鞋回到家，就是那种前头稍尖、带有一点鞋跟、中间镂空的塑料凉鞋。我见了既吃惊又羡慕，不敢问哪来的，看看爹娘，他们也没有异样的表情。我的目光在那双凉鞋上转悠了好几天。要知道那时候的一双凉鞋在农村可是一件奢侈品。一般家庭一年的收入也就十块八块，虽然一双凉鞋要不了几块钱（记不清多少钱了），但很少有人家舍得买。

那双凉鞋很实惠，穿起来很方便，用现在的话说就是性价比比较高。不管是晴天还是下雨天都能穿，土里、泥里、水里都能去，不用晾不用晒，更不用上鞋油，脏了用水一冲即干净如新。哥哥把它当作宝贝，始终不离他身，我想试穿，总是没有机会。我也不敢说，我想说了也白说，哥哥肯定不会给我穿的。

其实，用现在的标准衡量，那时候的塑料凉鞋"烧"脚，虽然透风，但在太阳下一晒烫得慌，尤其是脚出了汗，鞋里进点土，黏黏糊糊的，人一走路脚下就打滑，必须时不时地用水冲一下。如果穿着不合脚，还会把脚磨出泡来。

有一次趁哥睡午觉时，我得到了机会，悄悄地把凉鞋拿到院子里。因为鞋太大，即使把鞋襻扎到底也是挂不住脚，一迈脚，一拖沓，一走一别拉。即使这样，我脸上还是无比神气，到胡同口去和小伙伴们玩，特别是看到小伙伴们投来羡慕的目光，我似乎高大了许多。正当我神气十足显摆时，突然右耳朵被提了起来，我还没来得及叫喊，接着又被一把推倒在地，咣地一下，屁股上挨了一脚。我两眼瞪着哥，任他唰唰两下把凉鞋从我脚上拿走。"再穿我的鞋，小心挨揍！"哥说着甩手而去。想起这事，至今我的右耳朵还觉得有点火辣辣的。

这双凉鞋让我挨了一次揍，后来哥又"揍"了我一次。也是那个夏天，挨揍的事我早就抛诸脑后，当然期间我也没再去招惹那双凉鞋。有天中午，哥在树荫下修自行车，低着头蹲在地上，我站在旁边看。忽然，我像哥伦布发现新大陆一样兴奋地叫喊起来："我哥的两只耳朵不一样，一个大一个小！"话音还没落，只见哥瞪着眼，忽地站了起来，一只手伸向了他的凉鞋。我一见阵势不好，拔腿就向院子外边跑。结果还没跑多远，就被他扔过来的凉鞋砸中，顿时我背上起了个鞋印，火辣辣地疼，泪水也充满了眼眶。这一幕刚好被娘看见，娘大声叫住了怒火中烧的哥。我至今想不明白，哥当时为什么发那么大的火。

那双凉鞋，哥穿了大概四五年。中间也不知坏了多少次，每次都是修修补补再穿。开始凉鞋裂个小口，他就用塑料纸卷起来烧，把烧化了的塑料油脂滴在裂口处，使其连在一起。这样补的鞋不结实，不几天就又裂了，甚至口子越裂越大。也不知道哥跟谁学的，他找来旧凉鞋，剪成一小块，接在裂口上，用烧红的铁火棍把补丁和凉鞋接触的部分烫化，然后用力按压，这样口子就完全被粘住了。这样粘住以后，这个地方再也不会裂，鞋又能穿很长时间。

后来，哥买了新鞋，把那双塑料凉鞋扔在了一边。我确认他不再要了后，捡了起来，学着他补凉鞋的样子，把裂了的地方一点一点地粘上。这时我已长高了，脚也大了不少，穿上它不再拖沓。尽管凉鞋上边布满了补丁，但我还是不断地修补，坚持穿了两年多。直到凉鞋的鞋底几乎磨透，后脚跟也磨去了半边，实在不能穿了，我才把它拿去给收废品的换了东西。

后来，我穿过什么样的凉鞋，穿过多少双，我记不清了，都没有这双凉鞋给我留下的印象深刻。

毛豆角

对毛豆角，不管是城里人还是乡下人都不陌生。特别是近年来，由于蔬菜大棚的出现，反季节蔬菜都能种出来，人要想吃，很容易买得到。

可是在20世纪六七十年代，毛豆角可是一个稀罕物，一年到头只有在秋季的那么几天，才吃上一次，却总不能吃尽兴。

为了冬季，更确切地说是为了春节能有油吃，老百姓都会在自留地里种点大豆。虽然大豆种得不多，但人们必须及时收割，否则大豆熟过了，豆荚炸裂，黄豆就脱落到地上、土里。所以，人们收大豆的时候就连那几棵不太熟的也一块收了，然后把豆角择下来煮了吃。

虽然毛豆角吃起来不那么香，但小孩们都抢着吃。原因有二：一是物以稀为贵，二是一天三顿饭，不是地瓜、窝窝头，就是地瓜粥，更别说有什么零食了。

有一年秋天，妹妹病了半个多月了，瘦得眼睛都要陷下去了，先在村卫生室，后到公社卫生院打针、吃药，不见好转，还去了两次县医院，也不大见效。她不爱吃东西，只喝点小米粥，为此爹娘着急上火。不知她怎么想起要吃毛豆角了，娘赶紧下地摘了些给她煮好。

我中午割草回到家，因为饿了，把粪箕子往羊圈旁一丢，就冲进厨屋找东西吃，见妹妹面前有毛豆角，上去就抓，被妹妹捂住了碗，我猛地去抢。妹妹大喊："娘，二哥抢我的毛豆角了！"娘立马赶了过来，在我头上拍了一巴掌："你妹妹有病，让着她点！""凭什么光让她吃，不让我吃？我还干了活割了草呢！"我瞪着眼对娘吼。娘顺手从地上拿起烧火棍作势要打我，我赶快向后退了两步，跑到了院子里："你偏心，等你们都不在家时，看我不揍死她！"

"啥？"正在树荫下编粪箕子的爹忽地站了起来。"等你们都不在家时，我就揍她！"我硬气地回道。"啊，我现在就揍死你！"说着，爹从地上抓起两根筷子粗的白蜡条瞪着眼就向我冲来。我一看不好，扭身就往大街上跑。以往爹要揍我时，我跑了，过后回家也不再算账。谁知这次他紧追不放，跑出一二百米，我扭头看看爹还在追。我拼命地跑，他就使劲地追。毕竟小孩跑不过大人，我跑出去有二里多地，还是被爹追上了。他一脚把我踹倒在地，手中的白蜡条也顺势抽在了我的屁股上，接着又是一下。我顿时像杀猪般嚎叫起来，连尖叫声都变了调。我的屁股像裂开了一样钻心地疼。还好，爹正要抽第三下时，被路过的邻居拉住了。"欠揍，看你以后还敢不敢？""教训孩子不能下这么狠的手，你看把孩子打得，都有红血印了。"邻居说着把爹拉走了。

那时虽然正是秋天，但小孩子还是只穿一件裤头，白蜡条抽上去几乎没有遮挡。爹走后，邻居让我回家，说是回家上点药。我不回，也不敢回。我慢慢地爬起来，咬着牙、流着泪藏到了附近一个没有人的胡同里。

我挨打了，有人告诉了娘。娘喊我，我也不应声，只是一个人在那默默地流泪，时不时摸一摸高高肿起的抽痕，此时的饥肠辘辘也被疼痛掩盖了。过了不久我还是被娘找到了，她向我保证爹不会再打我，就硬硬地把我拉回了家。

娘让我趴在床上，她从屋里拿了两个夹了点菜的窝窝头塞给了我，让我吃着，接着用盐水清洗我屁股上被抽打的血印。盐水滴进伤口疼得我直咬牙，但我没有再哭。一连几天我都是趴在床上，娘每天都给我擦盐水，直到结了痂。

爹的脾气大，我们是知道的，因为经常不是呵这个就是骂那个，连娘也经常挨他的训。他也打过我们兄妹，但每次都是适可而止，达到吓唬的目的就行了。谁知这次他发那么大的火，下那么狠的手！我恨了他好长时间，不正眼看他，每次都是躲他躲得远远的。

春节前，爹从生产队开会回来，见了娘，一个劲地唉声叹气。娘问："咋啦？"爹说："上次二妮看病借生产队的钱，这次都让扣了，一分钱也没分到！这过年了，咋给孩子们买点肉吃？""不是生产队每年都分点吗？""还分啥分，你忘了，前段时间，生产队的猪从圈里跑出来，掉到井里淹死了，过年没有肉分了！""不要紧，别唉声叹气的了。我这段时间攒了十几个鸡蛋，先卖了，少买点，到时候有点肉味就行！"

在里间屋里写作业的我听到了爹娘的对话，也没往心里去，只是春节吃水饺总感觉不香。

20世纪90年代初，我结了婚，有了孩子，方悟到"不当家不知柴米贵"的道理。

地 瓜

20世纪70年代之前的鲁西南人,对地瓜有着刻骨铭心的记忆,他们的每一滴血、每根头发丝都受着地瓜的滋养。因为他们从小到大,吃的是地瓜干,喝的是地瓜粥,在娘胎里吸收的是地瓜的营养,甚至死后也被葬在了地瓜地里。

我出生在20世纪60年代中期,可以说,在18岁之前,我一米七五的身躯,百分之九十是由地瓜的营养供养起来的。我家乡的土地是沙土地,雨水不充沛,种植其他庄稼的话,庄稼不仅很难成活,而且产量很低,人们很难填饱肚子,唯有种地瓜,才能最大限度地满足一家人一年的生计。

地瓜浑身是宝,它的叶、茎、须根都能吃,一点也不浪费。

新鲜的叶子,可以蒸着吃。把叶子洗净,在叶子上撒一层玉米面,用手团一下,放在锅里蒸熟,可以当饭吃。

新鲜的地瓜茎叶,则可以做成菜。切成段,撒上点盐,如果再在上面磕一两个鸡蛋,蒸出来就是一道"美味"。

地瓜的须根只有被晒干磨粉,掺到地瓜面中一起蒸窝窝头,因为须根里丝多,蒸熟直接吃,丝丝拉拉的难以下咽。

同样,干的叶、茎也只能磨成粉吃。

地瓜,还有很多种吃法:蒸着吃、煮着吃、烤着吃,还可以生吃。

蒸着吃，在蒸馒头、地瓜窝窝时放上几个，或者单独蒸，一般是作为主食。"笨地瓜"也叫"艮地瓜"，含淀粉高，蒸熟了很面，吃起来噎人，人要一口地瓜一口菜，或一口地瓜一口汤水，边吃边冲，否则就可能噎着，会一直打嗝，很不舒服。

煮着吃，一般是作为冬天的早饭。我们在熬小米稀饭时切几块地瓜放进去，这样熬出的小米粥既黏糊又甜丝丝的，散发着一股清香。冬季的农民不是很忙，早饭时，都会端着一碗地瓜小米粥，拿着两个窝窝头，窝窝头里放点咸菜，走到自家的大门口，选个太阳晒得到的地方，往那一蹲，边吃边和邻居聊天。两个窝窝头吃下去，喝完一碗地瓜粥，被太阳一晒，浑身很舒服。

我们小孩子也学着大人的样子到大门口去吃饭，听大人们讲故事、说笑话，大人们笑，我们也跟着笑，有时候听不懂他们说什么，也不去探究，只管竖着耳朵、眨巴着眼听。有的大人"发坏"，突然走到小孩子的跟前，故意一惊一乍地说："坏了，你的碗底有一条大黑虫子！"有些小孩子不知是诈，就迅速把碗翻过来看，结果啥也没有，碗里的粥却倒得一干二净，气得要哭，却拿大人没有办法。上过一次当后的小孩子学乖了，无论大人后来再使什么花招，就是不翻碗；哪怕把碗举过头顶去看，也要确保碗中的粥不洒出来。

烤着吃，是作为零食吃。一是在做饭的锅底下放进三四个地瓜，用烧火棍拨到灶的两侧，中间烧火，不能直接在火里烧，否则会被烧煳，还要时不时用烧火棍拨弄一下，让它翻个儿，尽量烤得均匀，适时拿出来看看是否熟了。火候掌握好了，烤出来的地瓜金黄，吃起来喷香，整个院子里都能闻到香味。二是在割草之前，在地上做一个土灶，灶上用鲜树枝盖住，树枝上放上用手攥的土块，用柴火使劲地烧，直到土块被烧得微微发红，这时把地瓜填到灶下，把土块碰塌，再用土埋起来，待两三个小时我们割完草后扒出来，地瓜就熟了。这样焖的地瓜不如在锅底下烤的好吃，似乎不那么香。

生着吃，特别是那种红心、黄心的，吃着不仅甜，而且清脆。我们小伙伴们割草时如果饿了，可以直接从地里挖出来，用地瓜叶或其他东西擦一擦上边的泥土，不用削皮，直接啃着吃。

另外，地瓜还可以做成地瓜干。这样做，往往是在春节后不长的时间，因为随着天气的转暖，也是地瓜生长发芽的季节，地瓜已不能再在地瓜窖储存了。这时，人们把地瓜全部搬出来，洗净、切块、蒸熟、晾干，地瓜干就做成了。那时的地瓜干不能久放，不像现在超市卖的，一年、两年吃不了也不会坏。因为那时的地瓜干不是完全干的，放久了会长醭，吃了要拉肚子。

地瓜还可以做成粉条，我们生产队就有做粉条的设备。把地瓜先粉碎，然后用水冲，把淀粉冲出来、沉淀，抽出上边的水，把淀粉晒干，之后像和面似的和好，做成一个个面团，把面团放进带有漏网的容器内，几个有力气的人轮流往下砸，面团通过漏网上的小洞向下挤出，慢慢地越挤越长，缓缓地落到盛满开水的锅（底下不停地烧火）里，变成半透明的粉条，达到一定长度，用长一米左右的竹竿从中间一挑，对齐切断，拿到场地上晾晒。这时候捞出的粉条热乎乎的，很好吃。做粉条的那一段时间，几乎每天我和小伙伴们都去，捡那些零碎的吃，有时候能够吃饱，大人们只是虚张声势地喊，也不真正地赶我们走。

地瓜是根生，易种，好管理。把一段地瓜秧插在地里便能成活，平时也不用浇水、施肥。麦收后，是种地瓜的季节，地翻耕后起垄，在地垄上挖出一个个坑，在每个坑里插上一段种秧，再浇一点水，然后用土培起来，上边只需露出一小段，人们很长一段时间就不用再管了，不久秧苗就会长出新芽，然后是长蔓，待多枝蔓长到一米左右，要把它们往一个方向翻一遍，其目的是防止地瓜蔓生根，影响主根的发育。在翻秧的同时，一并把杂草除去。地瓜属于高产作物，风调雨顺时，亩产能达一两千斤，所以在那个年代地瓜自然而然地成为农民首选的作物。

那时候，一切都归集体所有，地瓜一般不作为公粮上缴，生产队收多少就分给社员多少。地瓜由人拉、牛拖，运到打麦场里，晚上分。谁家多少，会计心中已有了大概的数，他一户一户地喊，喊着谁家，就用磅秤称多少斤，然后各自弄回家。弄回家后，各家又连夜"奋斗"，把地瓜切成片，拉到房顶上去晒，一连几天要一遍一遍地翻，使之尽快地晒干，收到屋里的囤子里。它们是各家大半年的粮食。

收地瓜的时节，我们小孩子就不去割草了，一放学就到地里去"翻"地瓜，也就是等地瓜刨过之后，我们再翻一遍地，看是否有收地瓜时遗留在地里的地瓜。因为地瓜是根生，有一些可能会遗留在地里。有时我们翻的时候很有收获，尽管找到的大多是个头很小的地瓜，却往往能收到十多斤。我们当时八九岁，往家背地瓜，都是累得东倒西歪的，稚嫩的肩膀被粪箕子的提手压出一条深深的红印。回到家也不觉得疼，把地瓜往爹娘面前一放:"我刨了一粪箕子地瓜!"说话声音高了八度。"小,真能干!"谁要是得到表扬,准高兴得屁颠屁颠的。

　　随着全民生活的改善,老家人也不把地瓜作为主要食物了。但我还是对地瓜有特殊的感情,每每遇到卖地瓜的一定会买上几个,再就是隔一段时间到济南的街头,从卖烤地瓜的那里买上几个吃。吃归吃,似乎找不到小时候的那种感觉了。

麻 雀

几天前，有个朋友发了一段自拍的视频：一群斑鸠飞落在他家的后凉台上，相互打闹。这使我想起了小时候在鲁西南农村老家捉麻雀、吃麻雀、养麻雀的情景。

麻雀，在我老家又叫"小小虫"，它是一种破坏力极强的鸟，被列为"四害"（1958年2月12日，中共中央、国务院发出《关于除四害讲卫生的指示》，将麻雀、老鼠、苍蝇、蚊子定为"四害"）。麻雀们不仅掏空农舍的房檐做窝，致使房子时常透风漏雨，而且成群结队地在稻谷、高粱等作物成熟的季节飞到庄稼地里，不几天就会把一大片地的粮食吃光。为此农民在地头田间设置一些稻草人，虽然能起到一定的"吓唬"作用，但三五天后还是被大胆的麻雀识破。不得已有时不等作物成熟，农民们就把作物赶快抢收回家。

成年麻雀很"苍"，在屋檐、树上、地面觅食的同时，保持着很高的警惕性，一旦感到危险或受到惊吓，它会闪电般地飞离，然后飞到不远处观察，确定危险解除，再飞回来继续觅食。所以，捉到一只麻雀是很不容易的，需要跟它"斗智斗勇"，要用"技高一筹"的办法才能达到目的。我们小孩子使用的方法大致有两种。

一种是"网兜"法。用稀布做一个口的直径大约十五公分、兜长三十公分左右的"网兜"。用稀布做是为了扣麻雀时速度快，防止兜风。用铁丝弯成一个圆形的铁圈，再把"网兜"的口缝在铁圈上，把铁圈绑在一根约两米长的杆子一头。

捉麻雀时需要两人配合，一人拿着带"网兜"的杆子藏在屋里或有遮挡的地方，一人则在院子里观察，待麻雀钻进屋檐下它的窝中时，观察的人说声"好"，另一人迅速出来，要稳、准地将"网兜"口对准麻雀窝，不能偏也不能一边翘，麻雀受到惊吓就往外飞，一下子就会"自投罗网"，这时要及时把杆子使劲摇两圈，使"网兜"在杆子上缠两圈，麻雀再无逃脱之路。杆子放下后，先用一只手在外边把麻雀压紧，另一只手则顺着"网兜"慢慢地掳住麻雀的翅膀拿出来。这样捉麻雀并不能"十拿九稳"，因为麻雀很精，受到一次惊吓后，很难再给你第二次机会。再加上"技术"不过硬等因素，我们往往半天捉不到几只，还必须"打一枪换一个地方"。

第二种是"筐扣"法。这种方法只有在冬天大雪后，最好是连续下几天雪后使用。大雪把大地覆盖得一片白茫茫的，致使鸟们无处觅食。"人为财死，鸟为食亡"，即使明知道危险，麻雀们也会犯险。这时候找一块空地，打扫出去，露出地皮。在上边放一个筐，最好是给牛马筛草的筛子，底上有小手指大小的眼。在筛子的一边用木棍支起，筛子口大约与地面成四十五度角，在筛子底下撒上一些谷物作为诱饵，在木棍上拴一根长长的细绳，拉到屋里或隐蔽处，人躲在那里拉住绳子远远地等待，观察麻雀是否进入筛子下边。待多只麻雀进入后，迅速拉动绳子，使筛子

快速落下，把靠近里边的几只罩住。这时候你不能伸进手去抓，否则麻雀就会从你手两侧的小缝中钻出飞跑。要把事前准备好的装粮食的麻袋铺在筛子的旁边，张开麻袋口，慢慢地贴着地面平移整个筛子，使筛子口与麻袋口对齐，不留缝隙，用手拍打筛子底，把麻雀赶进麻袋中，再慢慢收紧麻袋口。这时捉着的麻雀是拢在一起的，麻雀想飞也没有空间了，加之里边光线暗，麻雀辨不清方向，只有束手就擒的份儿了。你这时就可以伸手去抓麻雀了。

捉到的麻雀基本上都是被小伙伴们平均分了，各自拿回各自家，在烧火的锅底下烤着吃了。麻雀肉很香，不亚于现在饭店里烤的乳鸽。烤麻雀前，先是把麻雀从笼子里取出，用绳子把它的翅膀绑起来，使劲摔在硬地上或石头台上，把麻雀摔死，用火钳夹着放到锅底下烤。一开始掌握不好火候，不是烤煳了就是烤生了，煳了的就"煳"吃，虽然苦涩，但总归是肉；烤生了，肉还没熟透，带着血丝，也有一点肉腥味，这依然是我和弟弟、妹妹的美食，即使只烤一只，也要一起解馋。

后来，经大人的指点，我和小伙伴们学会了另一种烤麻雀的方法：先把摔死的麻雀用泥巴包起来，再放到锅底下去烤，不能埋进炭火里，要放在两边，时不时用火钳把"麻雀"翻翻个，使其烤得均匀、全面，待闻到有肉香时取出，放凉，剥去泥巴壳，这样麻雀是完整的，连毛基本上还是全的，拔去长毛，剩下的绒毛再在火苗上轻轻地烤一下，绒毛没了，麻雀肉也变得微黄，剥去麻雀的内脏，然后分而食之。这样的做法，与"叫花鸡"的做法应该有异曲同工之妙吧。

城市里退了休的老人养鸟、遛鸟，既获得乐趣，又显得文雅，他们乐此不疲，甚至比过去上班时还敬业。我小时候也养过鸟，这份"养鸟"的"雅致"也差不了哪去。

麻雀繁殖能力很强，一年能生三四窝蛋，一窝能有四五个蛋，甚至更多。只要看到成年麻雀往它们窝里衔草，不几天一定就会孵小麻雀，到时你搬来梯子往麻雀窝里一掏，肯定能掏出麻雀蛋来。如果能看到成年麻雀衔的是虫子类的东西，那么它们窝里肯定有刚孵出的幼雀，这时你把它掏出来可以把玩。幼雀光光的，身上的血管透过薄薄的皮肉显露无遗，特别是它的腹部，吃进什么东西都能看到，把活的小虫子喂进去，小虫子在里边蠕动也能看得见。把幼雀拿在手里，热乎乎的，不敢用力，生怕一不小心把它搦死。幼雀一天到晚伸着脖子张着黄黄的大嘴巴唧唧地叫，我们小孩子觉得好玩，每次掏鸟窝掏到都养上两只。

养麻雀不是仅喂食而已，还有一些工作要做。喂，不能喂一般的馒头、粮食，它很小，消化不了，即使能消化了，也很容易上火干屁股，不几天就会干死憋死。要捉来幼虫喂，要么喂它鸡蛋黄，那时候人都吃不上，哪有多余的鸡蛋黄喂它呀？所以我每天放学后割草时随身带一个小瓶子，把捉到的小虫子带回家喂，倒也不是难事。

养麻雀麻烦的是给它扎笼子，那时候没有竹子，只能因陋就简、因材适用。找来些麦秸秆和细硬的树枝插起来，用块破布做底，放上点麦秸，这样麻雀的安乐窝就建成了。有时我把"鸟笼"挂在院子里的枣树下，转着圈地独自观赏。看，像不像城市公园中的遛鸟人！

小麻雀，只要给它吃饱喝足，它长得很快，几乎每天都有变化。起初是身上长出茸茸的毛，慢慢地长出翅膀羽毛，再往后就是长出尾巴，大约十五天就基本成形。这时的麻雀可以自行觅食，虽飞得不远，但人要想捉到它已非常困难。

到了冬天，如果它不是自然死亡或被猫捉去吃了，我就把它放飞，自己养的是不忍心吃的，来年的春天再重新养。

蛐 蛐

蛐蛐就是蟋蟀，民间叫蛐蛐，学名叫蟋蟀，严格讲雄性蟋蟀叫蛐蛐，雌性蟋蟀叫油葫芦。所谓的斗蛐蛐，就是斗雄性蟋蟀。

经查网络信息获悉：蟋蟀多数为中小型，少数为大型。体长在3公分左右，多为黄褐色。有对丝状触角，远长于体长；复眼较大，一般为头长的1/4到1/2，位于头背侧或额突顶端；有三对足，前足和中足相似同长，前足胫节上生有听器；后足发达、粗壮，擅长跳跃。

蟋蟀穴居，常在地下、洞穴、石缝等阴暗潮湿的地方活动，危害植物根、茎、叶、种子和果实等，多于夜间取食，咬食植物近地面的柔嫩部分，是农业害虫。

雄性蟋蟀，也便是蛐蛐，利用翅膀发音，雌性蟋蟀不会鸣叫。在蛐蛐右边的翅膀上，有一个像锉一样的短刺，左边的翅膀上，长着像刀一样的硬刺。左右两翅一张一合，相互摩擦，不同的震动会发出不同的悦耳的声音。蛐蛐一般在夏季的八月开始鸣叫，通常在气温二十度左右时叫得最欢，十月下旬天气转冷时停止鸣叫。蛐蛐用不同音调和频率的叫声表达不同的意思，夜晚发出响亮、长节奏的鸣叫，既是警告其他同性禁入自己的领地，又可求偶。

在20世纪六七十年代鲁西南的农村，也有很多斗蛐蛐的，但一般不赌博。那时候人们的文化娱乐活动十分贫乏，人们斗蛐蛐只是因为农闲或阴雨天没事找个乐子，即使赌，也只是一支烟、两支烟的赌资，是那种用纸和烟丝现卷现抽的烟。那时农民都很清贫，谁家还有闲钱用来赌呢？大人们在玩，我们小孩子在旁边看热闹，一来二去也学会了斗蛐蛐的套路。

每年夏天，我们几个小伙伴在下地割草时，除了带上割草的工具外，还要带上捕蛐蛐、装蛐蛐的东西。特别是中午，太阳正毒，蛐蛐在地瓜秧下、玉米地里等处叫得格外欢，声音也比其他时间段响几度，在空旷的田野里传得比较远。这时，我们就会循声过去，悄悄地靠近，观察好蛐蛐头的朝向，再从它的后边突袭——用自己做的网兜猛地扣向蛐蛐。

扣蛐蛐要稳、准、狠。稳，就是不能惊了它，它一旦受到惊吓，不待你扣下网兜，便会蹦走，我们就要等到它再鸣叫时，才好找到它；准，就是我们把网兜扣下去正好把它扣在中间，如果扣在边上，重则可能扣死，轻则让它"伤胳膊、掉腿"，这只蛐蛐不论优劣也就废了；狠，就是一个"快"字，你的动作要快于蛐蛐的反应速度，否则，它会逃之夭夭。捉蛐蛐会费很大功夫，有时一中午不见得能捉到一只，"只听蛐蛐叫，不见装进瓶"。不仅捉不到蛐蛐，还影响了割草，为了回家好交代，仓促折几枝树枝，上边盖上点草，到家门口探头看看爹娘是否在院子里，若不在，就迅速跑到羊圈、猪圈旁，把草扔给猪，把树枝扔给羊，便大模大样地洗手到厨房里吃饭。若爹娘问："割了多少草？"答曰："割了一小粪箕子，扔给猪和羊了！""扔得够快，肯定割得不多！"我不再做解释，只顾低头吃饭，三下五除二，抹抹嘴，背上书包就到学校去了。

我们有时候一夏天能捉十几只蛐蛐，甚至更多，捉回家把它们分别装到瓶子里，编上号。有时蛐蛐多了没地方放，那时候找个瓶子也不容易，没有办法就到村里卫生室去软磨硬泡。实在不行，也搞优胜劣汰，对于那些"懒"蛐蛐就直接淘汰，顺手扔给鸡吃了。对于那些有"斗志"的，让它们搞循环比赛，一方面借机提高它们的"斗志"，一方面再次淘汰"失败者"，留下四五只精心喂养，伺机拿出去参加比赛。

捉蛐蛐、养蛐蛐是为了斗蛐蛐。斗蛐蛐一般在立秋后的一个月左右，不能早也不能晚，早了它不成熟，"个"没长成，晚了就错过了季节。我们夏天把蛐蛐捉来养着，蛐蛐本身就有好斗的天性，会养的人还可以进一步培养它的战斗力。

我们小孩子不管季节不季节，捉回来不久就相互约着比赛。在街旁、墙角处，只要看到四五个小孩撅着屁股，头挤在一起，一准是在斗蛐蛐。

因为我们不像大人那样有专门的斗蛐蛐罐，我们就像现在足球比赛一样分有主、客场，抓阄确定主、客场，所谓的主场就是把你的蛐蛐放到我的蛐蛐瓶里斗，蛐蛐天生有"我的地盘我做主"的个性，一旦其他蛐蛐进入它的领地，它就会誓死作战、拼命搏斗，往往"主场"的蛐蛐斗志要比"客场"的高。在人们的挑逗、指挥下，蛐蛐能搏斗拼杀三五个回合，甚至还多，直到一方败下阵来，退缩不前。有时蛐蛐的打斗也很残忍，蛐蛐被咬断腿、咬破"脸"的情况常常发生，那么这只蛐蛐也即将死亡，会被主人扔到鸡群中。一般战败的蛐蛐会元气大伤、斗志全无，三五天甚至十天半个月内不会再参加战斗。"品相"好、个大、鸣叫响的还可以留着，看是否还有培养"前途"，否则直接淘汰掉。

斗蛐蛐之前也要想好策略，一般先拿自己感觉比较弱的去斗，一是心疼好的，二是用来试探对手，或赢或输，从中评估一下自己的"家当"。

有一年，我捉到一只"大将军"（我给它取的名字），个头不大，颜色有点与众不同，蛐蛐大多都是褐色或深褐色，这一只头顶部都是深红色，你不仔细看，很难发现。它虽貌不惊人，但战斗力很强，"打仗"很有技巧，似乎会"少林功夫"，一般的对手被它三下五除二很轻松地"办挺"，打遍天下无敌手。小伙伴们连蛐蛐也都不养了，那一段时间整天屁颠屁颠地围着我的屁股转。我很得意，俨然它是"大将军"，我就是"司令"。

在小伙伴们中没有对手，我带着"大将军"就往大人堆里钻。"观棋不语真君子"，我哪里顾得了这个。"你们蛐蛐都不行，谁也斗不过我的'大将军'！""去，去，滚一边去，小屁孩懂什么？还'大将军'呢？！""谁是小屁孩，不信斗斗试试！"我理直气壮地说。他们不再理我，把精力都用在观看瓦罐中两只正在激烈交锋的蛐蛐身上。不到一袋烟工夫胜负已决，"赢了！"锁子哥高兴地叫了起来。其他人也相互交流起来，有的说锁子哥的蛐蛐如何如何好，有的说败方的蛐蛐很可惜。我看到锁子哥的蛐蛐还在地上的瓦罐里，趁锁子哥不注意，把我的"大将军"迅速地倒了进去。"大将军"一落进瓦罐，就立马与那只蛐蛐打斗在一起，"大将军"闪转腾挪，避实就虚，一招一式很有章法，那只蛐蛐似乎只有招架的份儿，没有还手之力。"打起来了！"我冲着锁子哥和众人怯生生地说。"什么？我的蛐蛐！"锁子哥推开我，就要去取瓦罐，见两只蛐蛐已打得难解难分，他的蛐蛐虽处劣势，但不至于就一定失败。锁子哥和大人们这才都静下来观看。一袋烟工夫过去了，双方已打斗三五个回合，未决出胜负，锁子哥担心他的蛐蛐已斗过几场，体能可能不支，说着分开了两只蛐蛐，把他的那只取了出来，"大将军"唧唧叫了两声，似乎宣告它的胜利，引起人们一片笑声。

"大将军"很是给我长脸，回到家我好好地对它进行了奖赏，让它饱餐了一顿。

遗憾的是，不几天"大将军"走了。我平时喂完它，都是把它放在窗台上。谁知我家养的猫跳到窗台上，然后跳到房梁上吃晾的鱼，把养"大将军"的玻璃瓶蹬了下来，瓶碎了，"大将军"也随之不知去向。我在家里到处找了几遍，均不见它的踪影，为此我难过了很长时间。

每到捉虫的季节，我都很怀念"大将军"，因为以后我再也没有捉到过"将军"级别的蛐蛐。

爆米花

"崩爆米花嘞，崩爆米花！"附近村的刘老汉没进村就喊了起来，推着他那辆独轮车，上边放着他崩爆米花的家伙什———一台手拉风箱、一个火炉、一台烧得乌黑的转锅炉，还有一个脏兮兮的布袋子。有时车头上绑着一大捆劈柴，有时是一袋子煤炭。

村里的孩子听到叫卖声，纷纷跑回家向大人要玉米和钱，不一会儿又纷纷跑了回来，大多空着手，只有两三个人手里端着玉米缸子。刘老汉农闲时每隔十多天就到村里来一趟，不是他每次来所有的孩子都能崩上爆米花，似乎是约好了的，上一次是那几个，这一次是这几个，下一次又换成了另外一拨。

崩一锅爆米花，大约用二三两的玉米，自己地里种的，倒没什么，只是一锅要一毛钱，是多数大人舍不得的。在我的记忆中，我们姊妹一年也就有那么一两回，多数都是围在崩爆米花锅炉前，咽着唾沫，眼睛直勾勾地看着锅炉在那转，等着那嘣的一声响过后，上去抢布袋小洞中跑出来的几粒爆米花。捡到后也不吹一吹泥土就塞进了嘴里，含在嘴里让它慢慢融化，不舍得嚼碎吞咽，细细地品味着爆米花的香甜，静静地再等待下一锅。

也许这就是刘老汉的生意艺术，装爆米花的布袋顶端总留有一两个小洞，爆米花在巨大气流的冲击下从小洞处跑出几颗（后来想，其实留小洞是为了使气体很快放出），围观的孩子能够捡到几粒，觉得好吃，也跑回家拿玉米来崩。

崩了爆米花的人家，不管是有没有大人在，也不管旁边的孩子馋得瞪着眼直流口水，从不分散给孩子们，只管崩好了装在篮子里拿回自己家。其他的孩子再馋也从不伸手要，也许是相互之间都知道谁家崩点爆米花都不容易。

要想我家崩一次爆米花，我们兄弟姊妹几个不知道要向娘磨多少遍，有时还会被娘骂一顿。即使崩了爆米花，娘也不会让我们吃个够，她分给我们一些后就藏了起来，待我们再要时就再分一点给我们。一次给十颗八颗的爆米花，我们能吃半天，特别是妹妹总是最后一个吃完，有时弟弟早早地吃完了，她还分给弟弟吃，有时我也骗她两颗吃。有一次，我找到了娘放爆米花的地方，由于贪吃，一下子吃了大半，结果被娘发现，挨了娘的两巴掌。

娘为了给我们解馋，她从灶底下掏出烧棉花柴未完全燃尽的炭火，放进火盆中，在里边撒上十几粒玉米，玉米受热，会一个

个地开花跳出，我们便围在一边，一颗一颗地捡着吃，虽然不能像刘老汉那样加糖崩出来的甜，但吃起来也挺香。由于炭火不能持久，每次都不能崩多。

娘也会用沙土给我们崩：把沙土用筛面的细罗筛过后倒进锅里，用大火烧锅，待沙土像水开了一样咕嘟咕嘟冒泡时，把玉米倒进锅里，使劲搅拌，使玉米埋进沙土中，然后盖上锅盖，不一会儿就听得锅中嘣嘣直响，那是玉米爆开的声音，待急速的响声过后，掀开锅盖，这时大部分玉米都爆开，还有少量的不断爆响，最后用笊篱把爆米花从沙土中筛抖干净。尽管这样可以崩很多爆米花，让我们一次能够吃个够，但是吃起来牙碜，所以娘很少给我们做。

后来，妻子也给孩子买过很多次爆米花，还有巧克力味的、水果味的，我吃后，总觉得没有小时候吃刘老汉崩的那种味道。

老　鼠

"小老鼠，上灯台，偷油吃，下不来，叫奶奶，逮猫来，喵喵喵，猫一来，叽里咕噜滚下来！"我们兄弟姐妹听着娘唱的童谣长大，对这一首我至今记忆深刻。

20世纪六七十年代的鲁西南农村，生活极度贫困，用"家徒四壁"形容一点也不为过。即使这样，还要与"四害"之首的老鼠斗。那时候，不知为什么，人们的生活清苦倒也罢了，也不知哪来的那么多老鼠，屋里有，院里有，地里也有。到处是老鼠活动的痕迹，到处有它们破坏的地方，到处都留有老鼠屎。

"老鼠过街——人人喊打"，这一句歇后语，就表达了人们对老鼠的极端厌恶和"仇恨"。老鼠不仅破坏力极强，而且还带有病毒，有一年闹鼠疫，听说还死了不少人。

那时候没有水泥，即使有，一般农户也买不起。我们的房屋都是土坯墙，地面也是泥土地砸实了整平的。每个房屋的墙角处几乎都有老鼠洞，少的有一窝，多时好几窝，它们为了争地盘，也经常打仗，有时甚至在深夜把人惊醒，人起来在床下用杆子猛一阵子敲打，老鼠才消停一会儿。

老鼠一般是怕人的，不管是大人还是小孩，只要听到人的动静，甚至一两个月大的孩子哭声，它们也会"抱头鼠窜"，跑进它们的洞里不出来。但也有"鼠胆包天"的，邻居庆金大叔的头在睡着时被老鼠咬破过，后街杨四的小拇指少了一截，便是小时候拜老鼠所赐。据说，村东老汪家的孩子，1958年被老鼠掏空了脑子。大人发疯似的几乎拆完了家里的房子，也没抓到老鼠。不久大家都买来了老鼠药，决心把老鼠都药光。

为了消灭老鼠，人们想了很多办法，下药、放老鼠夹、封老鼠洞等，但是打死的不如它们生得多，两三个月一窝，一窝七八只，甚至十多只，打不胜打，灭不胜灭。

用药药老鼠很麻烦，晚上放了药，白天要起走，找地方深埋，不管是否药到老鼠，这次药就不能用了。老鼠很"精"，它发现异常就不会吃，特别是吃到药的老鼠会在死前向同伴发信号。下次再下药必须换新的，换另一种"口味"的，并且不能放在同一个地方。为了防止猫、狗、鸡、鸭误食，用过的药必须深埋。

用老鼠夹夹老鼠，捕捉率也不高，有时老鼠还会挣脱，甚至有的老鼠会咬断被夹住的腿逃生，所以人要经常观察夹子的情况，及时发现是否夹住老鼠，或者根据情况转移阵地。

封老鼠洞只是权宜之计，今天封了这个洞口，明天它又会从另一个地方钻出来。

所以，家家都养着猫，有猫在，老鼠害怕猫，家里会安宁些。

小孩子捉老鼠纯粹为了玩，那时候也不知道防疫、讲卫生，主要是用老鼠夹夹老鼠，或者挖老鼠的窝去捉老鼠。

我们夹住老鼠后，先是扯着鼠夹上的绳子，把鼠夹连同老鼠提到院子里，其中一人脱下一只鞋，把鞋翻过来压住老鼠的头，防止老鼠急了咬人，一人用细长绳系住老鼠的一条后腿，然后松掉夹子、拿走鞋。这时任由老鼠"逃窜"，"狼狈鼠窜"一词也许就是这么来的。它一会儿东、一会儿西、一会儿南、一会儿北，绳子一绷紧，它便改变方向。有时我们把小猫抱来，来一场猫戏老鼠的"大戏"，老鼠见了猫"跑"得更疯。我见猫即将捉住老鼠时，猛拉绳子使老鼠远离"猫口"，猫也会猛扑过去。我们很开心，想：这回老鼠要吓破胆了吧。

挖老鼠窝则往往有所收获。家鼠窝不好挖，受房子等建筑物的局限，人们往往挖不彻底就会放弃。而我们挖庄稼地里的地鼠，可以大展身手，挖多大的坑都可以。挖秋后豆地里的老鼠窝最好，不仅可以挖到小老鼠，而且还可以挖到很多被老鼠盗得的大豆，碰上勤快的老鼠，挖出的大豆足有十多斤。

老鼠可称"建筑大师"，它们做的窝非常科学，一般是有一个主出入口，另外备有其他洞口，里边四通八达，设有多"室"和"粮仓"，在它的"主卧"之上有一个直上直下的"通气口"，外口一般开在堤坝或地势高的地方，灌溉或下雨不会进水。

挖鼠窝要从"通气口"开始，直接挖下去，一米左右后便可挖到"主卧"，若有小老鼠，这时就可以看到。从"主卧"沿洞道寻找"粮仓"，一般不会太远，但"粮仓"有的很长，存的大豆也多。把大豆背回家晒干，用来喂猪或喂牛，人是不吃的，大豆都被老鼠在嘴里含过。

捉到的小老鼠，你可以玩一把。小老鼠刚睁眼，身上只有茸茸的白毛，肉乎乎、热乎乎的，拿在手里很舒服。把小老鼠一只只地丢给小猫，小猫美美地饱餐一顿。开始时小猫会狼吞虎咽，几乎一口一只，待吃完四五只后，它便先玩弄一会儿：让小老鼠跑，接着它就用前爪扒回来，或者扑上去用嘴叼起，然后再甩在地上，反复多次。

现在住在钢筋混凝土的城市里，很久没有见过老鼠了。

扑克牌

关于扑克牌的来历，我在网上搜索了一下，一种说法是唐代天文学家张遂发明的，另一种说法是在秦末楚汉相争时期，大将军韩信为了缓解士兵的思乡之愁，发明了一种纸牌游戏，因为牌面只有树叶大小，所以又称"叶子戏"。据说这是扑克牌的雏形。后来流传到欧洲，西方人加以改进，形成了今天我们常见的扑克牌。

扑克牌的设计方案包藏着无尽的学问，它是按历法设计的，可以说是历法的缩影。它的四种图案，也有很多说法，比较集中的有两种。一种说法是四种花色代表当时社会的四种主要行业：其中黑桃代表长矛，象征军人；梅花代表三叶花，象征农业；方块代表工匠使用的砖瓦；红桃代表红心，象征牧师。另一种说法是四种花色来源于欧洲古代占卜所用器物的图样：其中黑桃代表橄榄叶，象征和平；梅花代表三叶草，象征幸运；方块呈钻石形状，象征财富；红桃代表红心，象征智慧和爱情。

54张扑克牌解释起来也非常奇妙：大王代表太阳；小王代表月亮；其余52张牌代表一年中的52个星期；红桃、方块、梅花、黑桃四种花色分别象征春、夏、秋、冬四个季节。每种花色有13张牌，表示每个季节有13个星期。如果把J、Q、K当作

11、12、13点，大王、小王各算半点，一副扑克牌的总点数恰好是365点。而闰年把大小王各算1点，共366点。

冬天农闲的时候，或阴雨天，村民们便三五成群地在村供销社打牌，放了学或节假日，我们小孩子也会到供销社凑热闹，静下来时就在打牌的大人们旁边看，虽然看不懂，但就是觉得好玩。几个人摸起牌来，不一会儿或一两张或三五张，举过头顶狠狠地向桌子上甩去，其他人也接二连三地跟着甩，把牌摔在桌面上啪啪作响，那气势很是牛气。有时他们把牌甩出桌面，掉在地上，我们小孩子便抢着去捡，捡起来后在手中把玩一下，正反面来回看上几眼。时间一久，我们几个小孩子都想拥有一副自己的扑克牌。

大人们的牌都是处理过的，有的用桐油浸泡过，有的在牌的边角处抹上了鸡蛋清。桐油浸泡过的牌硬实、发亮，不易起毛，手感好，缺点是很容易折断，一旦折断就会干净利索地一分为二或一分为几，所以一副用桐油泡过的牌不几天就会有一些用医用胶布粘的牌，就像战场上刚撤下的伤病员，伤痕累累地混杂其间。用鸡蛋清抹过的牌较好些，柔韧性好，几乎不会坏，但用的时间长了也会卷边，特别是扑克牌的四个角，不仅卷边而且开胶，然后就会龇牙咧嘴地开始烂掉。

那时候的学习用品很少有超过一毛钱的，家庭收入一年也就十元、二十元，就连油盐酱醋也是靠几只老母鸡下蛋去换来的，哪有钱让小孩子去买玩具玩，何况是两毛钱的扑克牌？我们几个小伙伴一直想拥有自己的扑克牌，都想了很多办法，有的甚至想到偷家里的钱，但想到做小偷是不光彩的事，我们就打消了这个念想。最后受我种蓖麻卖钱买 HB 铅笔的启发，我们决定找地方种蓖麻。想到我们常去游泳的向阳河滩，那地方不是责任田，夏天我们游泳时可以看护，还方便浇水。

春天刚过，冻土刚刚融化，我们就带着割草的小铲子，我带着上年在我家种的蓖麻籽到了河边。我们不懂得土壤的优劣，见河滩空荡荡的就挖坑把种子埋了进去，还在上边浇了水。之后，就一天天地盼着它们茁壮成长，到秋天来个大丰收。但是，随着日子一天天地过，蓖麻种得本来就不多，结果长出来的也就十多棵，有的长着长着就枯萎而死，最后只剩下五棵"成才"，长得又矮又小，结的籽刚好比原来的种子多一点，哪能拿去卖钱。小伙伴们一个个像泄了气的皮球没精打采。

我也是垂头丧气地回到家里，娘见我不高兴，问道："咋啦，跟谁打架了吗？"我向娘说了种蓖麻的事，娘笑了："河滩上哪能种啊，连草都长不好。好了，别不高兴了，明年再种，到时候娘教你！"

第二年春天，我早已把种蓖麻的事抛到了九霄云外，可娘还记得，她要带我去种，我听了十分高兴，一蹦一跳地去叫我的那些小伙伴，结果他们大都不愿意参加，只有冬寒磨磨蹭蹭地和我跟着娘去了河滩。在河滩上，娘指挥我们每隔一米挖一个坑，坑要挖深，深到我们跳进去没到膝盖处。娘让我们到就近的农田里抬土，倒进坑里，基本上填平，上去踩实，然后在上边挖很多小坑。娘示意我在每个坑中放两颗蓖麻籽，再让我和冬寒去河边抬水，每个小坑里浇上水，尽量浇透，待水干了，然后用铁锹铲土把种子埋上。"好了，等着它们长吧！"娘说。

娘的办法就是好，蓖麻不仅苗全，而且长势很好，有的长得都比我们高，秋天结了不少蓖麻。蓖麻成了我们的心事，我们每天放学后到地里割草，都去看一看，特别是到了蓖麻成熟的季节，我们割草前都把干得咧开嘴的蓖麻籽仔细地摘下来，去掉外壳放进事先准备好的小布袋中，然后带回家集中在一起。待全部蓖麻籽都收完后，我们拿到公社供销社去卖了，得到了一块二毛钱。我还是第一次拿着那么多钱，在回来的路上既小心又谨慎，从口袋里拿出来看了很多遍。

我和冬寒商量把钱分了：他五毛我五毛，那两毛我们买了一副扑克牌。回到家我把五毛钱交给了娘，娘夸奖我能干："没有白出的力！"

有了新扑克牌，我们非常高兴，简直是爱不释手。我们首先用鸡蛋清把扑克抹了一遍。之后，我们每天都玩上几把，成了放学后下地割草前的必有项目。我们不会大人的玩法，只会比大小点，由于有大、小王的存在，我们很难分出胜负。

我和冬寒大概玩了不到一年的时间，现在记不起因为什么了，两个人闹掰了，都下决心不和对方玩了。我们只好把扑克牌分了，54张牌好分，平均一人一半，但大、小王的分配就成了难题，都想要大王不要小王。无奈，我们只能用"剪子包袱锤"的方法决出胜负，胜者大王，负者小王，我侥幸胜出，得到大王。后来，我只好自己玩，自己跟自己比牌的大小点，玩着玩着也没有兴趣了，时间一长那半副扑克牌也不知所终了。

现在我还时不时地玩一玩够级，够级需要四副牌，我自己就有好几套，比之过去，简直成了"土豪"。

跳　蚤

我很多年没见过跳蚤了，我想现在的年轻人都不知道跳蚤是什么"宠物"吧，甚至都可能没有听说过，但跳蚤在我幼年的生活中有抹不去的印记。

跳蚤身长2至3毫米，棕黑色，吸完血后呈红黑色。它喜欢栖息在阴暗的角落，嗅觉很灵敏。一旦人或动物走近它，它会迅速地从藏匿的地方跳出，跳到人或动物的身上吸血。

小时候，农村的生活条件极差，环境卫生很糟。由于没有条件置办较多的被褥，冬季为了保暖，我们床上一层薄褥子下边往往铺上一层厚厚的麦秸或豆叶。跳蚤喜欢栖息在床铺下或被褥的缝隙中和补丁下边，在那里做窝繁殖。

每天上床睡觉前，抓跳蚤是全家人的必修课，因为跳蚤太多，不抓一抓，它们会吸血吸得你睡不着觉。我因为年纪小，笨手笨脚，拍上十下八下也不一定能抓到一只。娘练就了一手好本领，她一手举着煤油灯，一手敏捷地抓跳蚤，几乎十拿九稳。娘抓到一只就丢到煤油灯罩里，跳蚤乱蹦乱跳，随着灯光的炙烤，跳得更快，跳着跳着就会跳到火焰上方，嘣的一声跳蚤就炸裂了，火光一闪它就会被烧得精光。

即使每天抓，跳蚤也不会被抓净。我们睡着了以后它会伺机

"作案"，咬得你这痒那痒，让你在睡意蒙眬中东抓西挠，有时还会在身上挖出血道子。我痒得难受，就会在床上乱扑腾。娘听到动静就会点上灯，跑过来再给我抓一遍跳蚤。吃饱了的跳蚤更"笨"了，跳得不快也不远，娘一抓一个准。吃饱了的跳蚤呈黑红色，丢到灯罩中，炸裂声更响，灯罩中也冒出一股血腥味儿。有时候，一夜要抓两三次，能抓十几只。看着一个个吃饱喝足的跳蚤，娘往往心痛地说："得喝多少血，这样下去还不把孩子咬死呀！"我小时长得瘦，除了营养不足外，跳蚤大概也起了作用。

后来有了农药，为了消灭跳蚤，娘就在床铺下麦秸或豆叶上撒一些"666粉"，虽然跳蚤少了许多，但那刺鼻的农药味也令人难受。

手电筒

手电筒是我们现代生活中司空见惯的物件，它们样式繁多，功能也越来越多。我个人就拥有两支，是太阳能供电的，使用起来很方便，光稍微有点弱，把它放在太阳光下，一天就能把电充满。

可在 20 世纪 70 年代前期，农民们谁要是拥有一支手电筒，那就相当于拥有了一部现代化的高端电器，在村里是很风光的事。在农村，家家户户在晚上照明都是用豆大的煤油灯，十分昏暗，当时用五分钱打一酒瓶的煤油作燃料，都不舍得把灯芯挑大。村里的晚上，院子里和大街上一片漆黑，特别是没有月亮时，简直是伸手不见五指。人们习惯了这样的环境，该干什么就干什么，该串门时还是摸黑串门，所以大街上不时会有微小的火光在移动，那是抽烟的人在走动。天黑不影响我们小孩子在街上玩耍，倒成了我们捉迷藏的最好掩护。藏者容易藏，寻找者难找。五米开外我们看不到任何东西，只有屏住呼吸，听声辨向，哪个方向有些小动静就向哪个方向找。或者趴在地上听，往斜上方看，借助天与地之间的色差，观察是否有人，然后躬着身，尽量贴近地面，迅速向目标扑去，在对方来不及反应之际捉住他。

我们村第一支手电筒，是一个男人在上海当兵复员时带回来的，当他第一次使用时，就成了我们村的西洋景。他打着手电筒在大街上一走，轰动了我们大半个村子，很快被我们几十个小孩子围了起来。手电筒很亮，一束光柱射过去，所及之处都能照得一清二楚。他在村东头沿着大街向西一照，能照到村的西头，别说人走过，即使是一只猫、一条狗跑过都能看见。我们感到很神奇，一连好多天我们都蹲到他的家门口等着他出来，他到哪我们就借着他的光跑到哪。结果我们把他跟烦了，正在我们跟着他跑时，他突然转身把手电筒对准了我们，直往我们眼睛上照："再跟着我，不止照你们，我还揍你们，滚！"手电筒的光很强、很刺眼，照得我们有点眩晕，我们赶快用手把眼挡上。就在我们挡眼时，他把手电筒关了后走了，可是我们的眼前却更黑了，就像被黑布蒙上了，什么也看不见，待在原地等了好长时间，眼睛才不再难受，能看到周围的房屋。从此以后，我们不再跟着他了，只是远远地看。

几年后，我们村代销点进了一批手电筒，村民也逐渐用上了手电筒。夜里一束束手电筒光亮，不时在村里大街小巷晃动，时不时还射向空中，映衬得村里不再一团漆黑，而变成了灰暗。

我自己拥有手电筒，又是几年之后的事，那是我捡的哥哥淘汰下来的手电筒。手电筒的筒身已经烂了一个手指大小的洞。那时候电池的质量也不很过硬，加上放进手电筒内长时间不动，每次都是把电池用到极致，几乎灯泡一点光亮也没有了时才换新电池。电池亏电，电池液腐蚀电池的外壳，外壳一烂，电池液就流到手电筒壁上，也把手电筒壁腐蚀烂了。

我捡到手电筒喜出望外，如获至宝，我把烂了的洞用砂纸轻轻地擦去锈迹，用塑料薄膜把它缠上，这样就不扎手了。手电筒易得，电池难求。去村代销点买，显然是不可能的，爹娘是绝对不让的。我把玩了很长时间，才想起去村里拾旧的电池。所以，上学、放学的路上，或上街去玩的时候，我的眼都会像雷达一样扫过道路两边的角角落落。

功夫不负有心人。不久，还真让我在街边的粪堆旁捡到两节废旧电池，我也顾不了是不是粘上了粪，走上前赶快捡起放在书包内。放了学后第一件事就是把电池装进手电筒内，看看是否有电，结果在预料之中，灯泡只是红了一红，很快再没反应。我心里有些失望，但却没有绝望。我见过我哥在电池没电后往电池里注盐水，使电池再"发"一阵电。我看看电池，还好，是完好的。我就找来一颗长钉，用榔头在电池屁股上的一侧钉了一个眼，弄点碎盐放在钉眼上，再滴上几滴水，在盐将要溶化没全溶化的时候，沿钉眼把盐水抹进电池里，然后用蜡烛油把钉眼封好，放在太阳下暴晒两天。结果还真管用，手电筒装上电池后就亮了，只不过不是很亮，也不耐用，我小心着用，两三天就又用完了电。再加新的盐水，就不灵了。无奈我就再捡人们用过的电池，然后又是灌盐水，反反复复"玩"了两三年。当时，我不知道这是什么原理，后来，读到初中，才知道是盐水与里边的物质起了化学反应，产生了一定量的电。

到20世纪80年代，我就买新手电筒了，当然再也没有往电池屁股后注盐水了。

青　蛙

　　青蛙又叫蛙、蛤蟆、田鸡等。在鲁西南，青蛙大致有两种：一种是体形大、后腿长，身体光滑，草绿色或麦黄色，无毒，我们称之为青蛙；一种是体形小、后腿短，身上有疙瘩，土黄色，有毒（身上疙瘩破了流出黄水，散发的气味难闻，人弄到身上会发痒），我们称之为蛤蟆。

　　一到春天，蛤蟆就会从池塘里、河沟中爬上来，有的还爬到大路上，甚至会成群结队。人走到路上不小心会踩到，一般踩不死，但它会放出它身上的毒素，散发出难闻的气味，人弄到鞋上很长时间难以去掉，所以，我们很讨厌蛤蟆，一般不去招惹它。

　　蛤蟆不好玩，它们的子孙也遭了殃（那时候我们小孩子还不知道它是害虫的天敌）。春天是蛤蟆繁殖的高峰期，蛤蟆喜欢在池塘里、小河沟里产卵。刚产的卵是一条长长的透明的白带，黏糊糊的，带有一股子腥味。我们用树枝把卵带从水中挑起，当空挥舞，不一会儿卵带就在风中消失了。幸存在水中的卵带会不断地发生变化，由起初的白带慢慢地长出小黑点，小黑点一天天地长大，白带逐渐消失，小黑点不几天就长成了一只只小蝌蚪，大大的头、长长的尾巴，在水中游来游去，黑压压的，这边一群，那边一片。

此时，我们就用网眼较小的网兜去捞，下去一网兜就是黑压压的几十只蝌蚪，不大工夫就会捞半水桶。把蝌蚪带回家喂鸡，鸡非常爱吃，不一会儿十几只鸡就把蝌蚪吃光。鸡吃蝌蚪下蛋下得多，娘每天都能捡十多个鸡蛋。我见娘高兴，就每天都去捞一次蝌蚪。"挑一些大点的蛋腌上，到收麦时让你吃！"娘说。娘腌的咸鸡蛋很好吃，蛋黄有很多油。蛋壳磕不好，扒开时会流一手油，这时，我就会用嘴去舔，或用地瓜干窝窝把油蘸净。

由于蝌蚪太多，给鸡吃的同时，我会留一小部分养着玩，在小瓶或小桶里放进蝌蚪，再弄些小沟里的杂草（也不知蝌蚪吃不吃），小蝌蚪们就会长大。它们先是长出两条后腿，继而长出前腿，这时它们的头部已像成年蛤蟆了，不几天它们的尾巴不见了，应该是它们吸收了，而不是脱落，因为我从来没有见过掉下来的尾巴。小蝌蚪们不停地在桶里蹦跶，似乎想要逃出生天。这时，我就不能再养了，再养会怕它们身上会长出"疙瘩"。我就会把它们倒在池塘边，任由它们四处游去。

青蛙很少，我们几乎没见过成群结队的青蛙，抓到一只很不容易。但有时在割草时，从草丛中惊出青蛙，我和小伙伴们则会放下手中的工具，开始进行"围猎"。我们徒手抓，不折腾一阵是抓不住的。青蛙很"苍"，绝对是跳高、跳远高手，它一跃就是好几米，甚至十多米远。抓到后我们就用"剪子、包袱、锤"的方法确定给谁。给了谁，谁就用玻璃瓶带回家玩。要把青蛙放到深水桶里，并且桶口的大部分要封住。我们给它喂各种小虫，它的大嘴一张就下肚了，连嚼也不嚼，囫囵吞。我们用柳树枝条撩拨它，看它跳高。玩完了，怕它跑掉，就用绳子把它的一条后腿拴住，一头拴在桶提手上，才能放心地去睡觉。

听老人讲，青蛙专吃蚊子等害虫，对人有益。也听老人讲故事时说过：1958年前后，三年困难时期，他们什么都吃过，树皮、树根、青蛙（包括癞蛤蟆），甚至观音土，没有被饿死，就是很大的造化。"说者无意，听者有心。"我们忘记了青蛙是人类好朋友的教导，也偷偷地吃过几次青蛙。我们在玩青蛙时，发现青蛙气性很大，当它逃不掉时，它就会气得肚子胀胀的，甚至有的会气死。青蛙的两条后腿看上去很诱人，"馋虫"在我们肚子里作祟，我们很想马上咬一口。我们不舍得把气死的青蛙扔掉或埋掉，就用火把它烤熟，美美地解上一回馋。后来，在餐桌上有人点"辣炒田鸡"吃，我是一筷子也不动的，想想小时候对青蛙做的"孽"，我心中就有一些惭愧。

闷热的夏夜里，在明亮的月光下，我们常常去村西向阳河里游泳，听那琴瑟和弦的蛙鸣。游累了，我们就躺在河滩上静听。东岸的蛙鸣传到西岸又折回来，西岸的蛙鸣传到东岸再折回西岸，整个河面上连绵不断地飘荡着优美的音律。有时候东岸唱罢西岸唱，它们既是大合唱，又像是在搞歌咏比赛。它们唱累了，也会不约而同地停下来休息。为一睹青蛙们的唱姿，我们从河滩上匍匐着向河堤上爬去，待悄悄接近后，你会看到非常壮观的场景，众多的青蛙就像有人整理过的队伍，齐刷刷地或一排或几排昂首蹲在河堤下边的田埂上，有的还叠罗汉似的排成一路路纵队。休息过后，由一只青蛙领唱，其他的便一齐和鸣。青蛙鸣叫的时候，下巴两边会鼓起两只白色的腮囊。我们一眼扫过，只见无数的白色气囊一鼓一缩，仿佛天上的星星一闪一闪地眨眼睛。

前几年，我和小时候的伙伴谈起过去的事，他们也无比感慨，随着农药和除草剂的过度使用，环境破坏得很严重，人们就很难看到成群结队的青蛙了。

"爬叉"

蝉，又名知了、金蝉、知了猴、知了龟，在我的老家鲁西南，人们把刚出土还没有蜕变的幼虫叫"爬叉"，蜕变后在树上能飞的叫"知了"。

"麦子黄，知了龟叫娘。"小麦黄了的季节，小知了就在树上叫了。不久，麦收后，大批的爬叉就会从地底下钻出，特别是雨后，土地湿软，爬叉大批地往外钻。我们下午放学后就会边割草边摸爬叉，还专门到树下去割。天擦黑时，爬叉逐渐增多。晚饭后，我们其他什么也不做，四邻八舍的人们都拥到向阳河大堤上，因为那里树多，也是爬叉比较集中的地方。或三五成群，或独来独往。有条件的会打着灯笼，个别人打着手电筒。没有条件的便一棵树一棵树地摸，两只手抱着树，从树根处慢慢向上摸，直到踮着脚再也摸不到为止，摸到爬叉后就放进自己的瓶子里，一晚上也不知摸多少树，直到夜已深或装满了带来的所有瓶子，才兴高采烈地回家。

回家后，把爬叉放进腌咸菜的缸里，一则是要把爬叉腌死，防止它蜕变或逃走，二则是我们全家每天都摸很多，腌起来可以长期食用。由于数量多，娘也不心疼，做午饭时，就会炸一大碗让我们吃。即使这样，我们也不会大快朵颐地痛快吃一次。"爬叉也是肉"，吃爬叉时，我们也会像吃其他稀罕物似的，一点点就着窝头吃。先吃爬叉的腿，因为炸熟炸焦了，嚼起来很香，再吃它的尾巴、头部，最后吃它的中间部位那个"肉疙瘩"。"肉疙瘩"全是"瘦肉"，口感像牛腱子肉，用牙一点点地咬，能扯出"肉丝"来，嚼在嘴里很筋道、很香。

尽管经过许多人若干遍地搜寻，还有很多"漏网之鱼"。爬叉爬到树干的一定位置，有的高达四五米，就会停下来，慢慢地开始蜕变。开始先是在背上裂一条缝，逐渐开大，它的背就会鼓起，露出蝉蜕，接着它的头部蜕离蝉衣露出，它的腿由前及后也露了出来，最后是它的尾巴抽出，待全部身体出来后，它趴在蝉蜕上，看上去似乎在休息，其实它的翅膀还在慢慢地舒展，待翅膀完全展开后，它则停止一切活动，静待天明太阳升起。此时的爬叉已变成"知了"，它的颜色是嫩黄色的。这时的知了还很好吃，经油炸后，娇嫩可口，不带一点皮。

太阳升起后，晒去知了身上的露水，也晒干了它的翅膀，此时它的全身也变成了黑色。它会选择合适的树枝栖息，如果发现有异物靠近它，它会嗖地一下飞出去老远。

雄知了很令人讨厌，它的腹部有一对像人耳膜的发音器，所以雄知了叫起来声音非常刺耳，并且一只叫全都跟着叫。每家院子里的树上都有非常多的雄知了，叫得人们无法在树荫下睡午觉，大人们往往在午睡前先用竹竿在树上打几下，把它们惊走。

雌知了没有发音器，不会叫，它的尾巴下边有一个针状的东西，后来才知道那叫产卵器。它们把产卵器扎进树枝产卵，往往在柳树枝条上下的卵多，因为柳树的枝条相对其他树种的枝条要柔软得多。被产卵的树枝会慢慢枯萎，继而枯死。一条树枝上被扎的眼密密麻麻地有几排，每个眼中都有几颗白色的卵。据说下雨打雷时卵会被震落，掉在地上钻进泥土中。后来才知道这是不可能的，因为再大的雷声，也不会冲击到每条树枝上，更大的因素是树枝干枯脱落，或人们为了采集干树枝烧火的过程中把它们震落。听老人讲，卵落到地里，不断地吃树根汁液慢慢生长，长到成虫需要三年或更多的时间。为了多吃爬叉，我们小孩子就不断地从树上折带有知了卵的干树枝回家，在自家的树下使劲地敲打，然后再把树枝堆积在树下。由于时间太久，没法验证是否有效。

粘知了是我们夏天玩的最多的"游戏"，其中也有许多的乐趣。粘知了是一个细心活，也是一个耐心活。我们粘之前要准备好工具，工具是我们自己做的。先选择一根长竹竿（当时在北方，竹竿还是个稀罕物），或较细较长的树干，不能太粗，粗了就重，人举的时间长了，就会举不动或手发抖。我们村北有很多

白蜡，有的长成小白蜡树，又细又长，是我们的材料首选。我们把白蜡杆的枝杈砍去，把它打磨光滑，防止扎手。白蜡杆有了，再选择细长的竹条。竹条别的地方没有，只有扫帚上有。把竹条绑在白蜡杆的上端，粘知了的工具就做好了。然后，趁大人们不注意再弄点小麦，我们就在中午奔到大堤上去了。

把麦子在嘴里反复咀嚼，待嚼得筋道时吐出面筋，粘在竹条上。寻找到知了后，慢慢地举起白蜡杆，使粘有面筋的竹条逐渐靠近知了，这时手不能抖，递进的速度一定要慢。知了的眼睛很敏锐，一旦发现异常，它就会噌地飞去。一旦被面筋粘住翅膀，它就再也难以挣脱了。

一中午的时间，我会粘十几只，多时能粘上二三十只。知了不好吃，没肉，它外壳还硬，不好嚼，因此，我们一般不吃，多数是在知了的腹部拴一根绳，放"飞机"，让知了在我们的牵引下飞。我们玩够了就连绳一块放飞，看它拖着长长的尾巴，像飞机拉出的线。

有时到了晚上，我们找到白天知了叫得最响的树，在树下点一堆火，一人爬到树上，使劲地摇晃树枝，知了受到惊吓，看到火光，纷纷飞落下来，不再飞走，黑压压的一片，我们来不及用手一个个地去捡，就用扫帚把它们扫在一起，然后装进桶中，一晚上我们会收获大半桶，这可使我们家的鸡饱了口福。

摸爬叉、粘知了的同时，我们也捡蝉蜕。捡的蝉蜕用绳子串起来，积攒得多了，一长串一长串地拿到供销社去卖。

现在，爬叉我还经常吃，不管是饭店的，还是老家来人给我捎来的，大多数已不是自然生长的了，是有人专门进行养殖的。

虱　子

　　小时候，我身上不仅有跳蚤，还有虱子，而且虱子比跳蚤更多，衣服缝里、头发里都有。虱子比跳蚤更加讨厌，跳蚤虽然也在身上，但它白天不大活动，也不出来咬人，只是在你晚上睡着了，偷偷地吸你的血。而虱子则随时随地咬你几口，时不时身上就奇痒难忍。虱子有一个特点，就是它爬行得慢，不像跳蚤，受到"惊吓"便迅速地蹦得很远。只要哪里感觉痒，你把手慢慢地伸进去，十有八九就可以抓到。但是虱子太多，当你感到痒了，它已经吃饱了，抓不胜抓，无济于事。

　　我在睡牛棚、钻麦秸垛的那两年，身上的虱子特别多。也许是牛身上的虱子会源源不断地爬进我的衣服里，也许是黑白一整天衣服都穿在身上的缘故。小时候，我从没见过什么秋衣、秋裤，也不穿什么内衣、内裤，每天身上穿的都是一件棉袄、一件棉裤，由于衣服少，无法轮着穿，几乎一穿就是一个冬天，棉袄、棉裤整个都脏兮兮的，特别是袖口处和膝盖处，因擦鼻涕和手长期抚摸，变得像皮鞋一样油亮亮的。

　　娘隔一段时间就帮我抓一次虱子，有时她让我躺在被窝里，有时在太阳"毒"的中午，让我穿上两件单衣，在太阳底下抓。娘一边抓一边唠叨："哎哟，我的个儿哎，咋受喥，再不抓抓，还不得被咬死啊！"娘借着太阳的强光，仔细地翻找，不放过每一个缝隙。娘抓到一只，就把它放到堂屋前的香台子上，先让我数数，之后再让我一只一只地用小石头碾死。我看那香台子上缓缓爬动的虱子，有的大，有的小，有的白，有的黑。娘说，那黑的已经吸了很多血，那大肚子的里面有很多子（卵）。有时候娘会从我的衣服上抓到二三十只虱子，我一只一只将它们碾死在香台子上。每碾一只，我都是咬着牙："我让你吸我的血，我碾死你。叫你咬，叫你咬，再咬啊！"边碾石头边发狠。二三十只虱子被碾死，香台上竟是红红的一片，小石头也变成了红色。虱子的繁殖能力很强，每天都能产子（卵）十多只。虮子（虱子的卵）黏附能力很强，一般抖擞衣服是无法把它们抖掉的。虱子把子产在衣缝中，白花花的，一排一排的，在阳光下闪闪发亮。抓到虮子，娘就会用两手的大拇指甲对在一起，把那些虮子一只只挤破。我坐在旁边也可以听到那些虮子在指甲间的啪啪破碎声。除了抓虱子，娘还会在我睡觉后把我的衣服拿到火盆上烘，虱子禁不住高温的烘烤，纷纷掉落到火盆里，被烧得噼啪作响。由于虱子抓不胜抓、逮不胜逮，实在没办法，隔一两个月，娘就在我晚上睡觉后，拆开棉衣，掏出棉絮，拿到厨房，把棉袄的外表放到锅里煮，彻底将上边的虱子、虮子煮死。但煮过不几天，虱子就会重新爬进来安家落户。

衣服是虱子的安乐窝，头发也是它们的栖息地。小孩子怕冷，剃成"八十毛""九十毛"后，一般不愿意再剃，从入冬直到春节就随头发自然生长，几个月下来头发也很少洗。由于不断地出汗，灰里土里打闹，头发早已黏在一起，虱子便趁机占领了新地盘。当时的瘙痒可想而知，娘见我痒得实在难受，瞅准机会把我按住，强行给我洗头，洗了两三遍不见清水不说，虱子、虮子洗掉的也不多，特别是虮子，它附着在头发上很是牢固，用水洗是根本不管用的，好在头发已经顺溜，娘就用篦子在我头上篦，篦得我头皮发疼，疼得我不是叫唤，就是龇牙咧嘴。娘篦到一只就用手挤死一只，直到再也找不到一点虱子皮为止。但是，用不了几天，虱子就会重返"阵地"。后来有了农药，虱子也逐渐减少了。

　　随着生活条件的改善，现在的年轻人恐怕都不知道有过虱子这种"宠物"吧。

"草烘子"

说起"草烘子",想必20世纪50至70年代的鲁西南人不会陌生,我想那时每个人,特别是农村人都见过、都穿过吧。现在的人很少见过,本来想在网上搜张图片,竟然没有找到。

"草烘子"是用芦穗编成的草鞋,鞋底一般是用木头做的,有跟,便于冬天在雪地里行走,不湿鞋。"草烘子"顾名思义,穿着很暖和,还很经济,那时家家都会做,集市上也有卖的。缺点是由于它的鞋底是木头做的,不防滑,穿它的人走在冰面上掌握不好平衡,很容易滑倒。

我有一双"草烘子",是爹亲手编的,只不过时间久了,鞋底已被磨得很光滑,原来的沟槽几乎都看不清了。也不知道之前有多少人穿过它,也许爹也穿过,我没问过他,我只知道我哥是穿过的。我穿了好几个冬天,直到我的脚已长大,不合脚了,又给了弟弟。"草烘子"并不是久穿不破的,穿得仔细些,最多能穿两三年,中间还不知要打多少补丁,只有鞋底因为是木材做的,能够多用几年。

在我的印象中,爹一两年就要编一次"草烘子"。鞋底都是以前找人打造的,大、中、小都有。编"草烘子"的时节一般是在芦苇长出芦穗而没有开花——飘芦絮之前。先从芦苇坑里采摘大量的芦穗，用黄麻绳做筋骨，编成大人食指粗细的芦苇绳。在事前已穿好黄麻绳的鞋底上，从底部像编箩筐一样一圈一圈地编，待编到一定高度后，把以前做好的脚模放进去，再接着编，要把芦苇绳拉紧、做实。"编筐编篓，难在收口。"编"草烘子"更难，因为要把脚面部分与脚后跟部分协调好，否则就会脱节，鞋就会穿不长久、容易散开。我见过爹编"草烘子"多次，就是搞不清他是如何收口的。

"草烘子"编好后，娘会给我们做一双布袜子，袜子帮是双层的，袜子底是用纳好的多层布做的，既结实又绵软，再在鞋里铺上一层麦秸，穿在脚上非常暖和。

"草烘子"穿着笨重，还容易扭脚，但它确实暖和。布棉鞋虽然轻便，但它不及"草烘子"暖和。如果我们穿着布棉鞋坐在教室里听老师讲课，脚一会儿就像被猫咬了一样被冻得难受，而穿"草烘子"就不会冻脚。

地窨子

小时候，在鲁西南老家，家家都有地窨子，村村都有地窨（yìn）子。地窨是用来储存地瓜、水萝卜、胡萝卜、白菜等过冬食品的，娘经常让我下地窨去取地瓜等东西。地窨一般2米长，2米深，五六十公分宽，因地温的作用，温度要比地面高好几度。地窨子不像内蒙古、东北等地方的那样用来居住，鲁西南的地窨子是用来御寒的，是主妇们冬天纺棉花、做针线活的地方。

地窨子一般长5至6米，宽3至4米，深2米多，由3至5家或7至8家一起合建，通常建在村里空闲地上。先是在地上挖出1.7至1.8米的深坑，然后在坑的四周垒起四五十公分宽的围墙，搭上梁、榑，铺上高粱秸秆或玉米秸秆，上边再加一层厚厚的麦秸或豆叶，把挖出来的土覆盖在上边，堆围在地窨子的四周，压实拍平，在顶盖上靠南中间的地方留下一个一米见方的口，从这里把梯子放下去，方便人们上下。做一个一米见方的盖子（用棉花秸或玉米秸做成），人进去或出来后把地窨口盖住。一来用于保温，二来下雪时不至于让雪灌进地窨子。

地窨子在使用前，要用火烘烤一下，去一去里面的潮气，再风干几天。之后各家将自己的纺车搬进去，找一个位置把纺车支好，在纺车的前边设置人坐下后放脚的地方，通常是挖一个三四十公分见方的小坑，使脚能伸进去，这样坐久了也不会腿脚酸麻。小坑里一般放一些麦秸用来取暖，讲究些的人会按小坑的大小用麦秸编一个方形的席桶，放在小坑的坑沿，底下再放些麦秸，这样既暖和又干净。

我小时候经常下到地窨子里取暖，坐在娘的旁边，看娘纺线，听大娘、婶子们东家长西家短地聊天。娘有时候晚上纺线纺到很晚，我实在困了，就靠在墙上睡一觉，虽然温度不是很高，我倒是没有感冒过。大娘、婶子们几乎在地窨子里待一个冬天，因为农闲，生产队没有活计，她们除了一日三餐和晚上睡觉回家外，在地窨子里不是纺线就是做针线活。在我记忆里，娘没有闲过一天，她要为我们全家七八人做衣服、做鞋。那时穷，娘还是想方设法让我们穿得好点，特别是过春节时，把衣服尽量都浆洗一遍，干干净净的，让我们都穿上新鞋子。

地窨子只存在一个冬天，到了春暖花开时，大人们就要把它拆掉，谁家的大梁、谁家的榑子、谁家的柴火，都由谁家弄走，只剩下一个光光的地窨茬子。

这成了我们小孩子玩打仗的好地方，因为地窨茬子要高出地面四五十公分，我们把它当作山头，分两拨各自扮演不同的角色，从两边向地窨茬子进攻，把土攥成团作为"炮弹""手榴弹"向地窨中投。土风干后就成了散沙，我们互相向对方扬，一时间"战场"上"硝烟弥漫"。

我们只玩了一两个月，因为邻居家的小弟弟独自一人去玩，掉进去被淹死了。夏季雨水比较多、比较大，地窨茬子里存了一部分水，虽然水不是很深，小弟弟掉下去，还是连摔带吓落到水里被呛死了。大人们为了杜绝隐患，把地窨茬子推倒了，把坑填平了。之后的多年，大人们在拆掉地窨盖子的同时，都一并把坑填平了。

随着生活条件越来越好，地窨子、地窨子也随之退出了历史舞台。

地瓜干

我是吃地瓜干或地瓜长大的，每个月从头至尾，每天都吃地瓜干或地瓜，从早饭到晚饭基本没有变过样，我身上的每块骨头，每一两肉都是吃地瓜长成的，即使在襁褓中，吸吮娘的乳汁也都是由地瓜化成的。

那时候地瓜及地瓜干是我们的主粮，吃一点大豆、高粱、玉米等相当稀罕，特别是吃一个白面（小麦粉）馒头简直太奢侈了。由地瓜干磨粉做成的地瓜窝窝不顶饿，营养成分也十分单一。娘在蒸地瓜窝窝时，有时给爹蒸几个花卷子（大部分是地瓜面，中间夹着一层薄薄小麦面），我们小孩子是吃不到的，因为爹出大力，娘才给他加点营养。

地瓜干，顾名思义是由地瓜切片晒干而成。地瓜相对于其他作物产量高，除为交公粮而种些小麦、大豆、玉米外，生产队和各家的自留地都尽量种地瓜。生产队分的地瓜和自己种的留一部分吃，其余的家家户户都把地瓜切成片。切地瓜、晒地瓜、收地瓜干成了一时的大工程。

切地瓜其实不是切，而是擦，手工切既慢且厚薄不均。有专门擦地瓜的工具，就是在一块长一米左右、厚三四公分、宽三十公分左右的木板一头挖一个适当大小的方形小孔，在小孔的一侧钉上像镰刀似的刀片，按需要在刀口处留有一条细缝，大小可调，擦出的地瓜干厚薄适中。擦地瓜时，把它放在一条长凳上，人骑马式坐在没有刀头的一端，戴上厚一点的手套，拿起地瓜朝刀口处快速推进，地瓜就会被刀切成薄片掉下去，反复推拉，不几下，一个地瓜就会被切完。一个一个擦，不大工夫地上就会堆起一堆切好的鲜地瓜干。之后有人用簸箕把鲜地瓜干收起来，拿到房顶、柴垛顶等可晾晒的地方，摊开、铺满。由于地瓜干太多，没有那么多地方晒，就在院子里的树之间拴上细绳，把切了一刀的地瓜干从切口处分开挂在绳子上。这样晒地瓜干不怕下雨，因为雨水只是淋湿了它，不会被浸泡，天晴了，接着晒。另外，收地瓜干时也方便，只需把拴在树上的绳子两头一解，一串地瓜干就会被收起，到了粮囤里，抽出绳子即可。这样晾晒比较麻烦，需要把擦好的地瓜片在中间切一刀，并且要一片一片地把地瓜片挂到绳子上，再者家中可挂拴绳子的地方毕竟有限。

要晒的地瓜干多了，家里就没有地方了。我们干脆在地里晒，也就是把地瓜刨出后，就地擦，把地瓜干撒在地里。如果天气好，两三天就可以收起。就怕刚擦完撒在地里，第二天就下雨，我们必须赶在下雨前尽量地把地瓜干归拢在一起，用塑料布盖起来，待雨过天晴后，再撒开。有一年，雨来得急，没来得及归拢，倾盆大雨从天而降，地瓜干被冲走了不少，有的被埋进了土里。爹娘心痛得好几天后还在骂老天爷。

地瓜干晒好后，是要被收进囤里的。我家有两个囤，每个囤有一米五左右高，两个大人合抱那么粗，每年都要装满地瓜干。这两囤地瓜干是我们家一个冬天和一个春天的口粮，这还要娘算计着吃。在鲁西南一带，人们吃晚饭不叫吃晚饭，而叫"喝汤"。在我的印象中晚上的确很少吃干粮，娘总是熬一锅粥，多数还能照出人影。那时候，也不知道是怎么熬过来的，晚上还到街上和小伙伴们疯玩，也许是习惯了，也许是玩起来忘了饿，也许是饿过了劲也就不觉得饿了。

我很爱吃娘蒸的死面地瓜窝窝头（面不发酵），趁热时可以把它从里到外翻过来。地瓜窝窝头筋道、耐嚼，吃在嘴里甜丝丝的，不用吃咸菜，一气也能吃两三个。

自参军入伍后，我再也没有吃过地瓜面窝窝头，每次回家，娘都是给我做白面馒头，我告诉娘："我还想吃您做的地瓜窝窝。"娘叹口气："现在家家都不擦地瓜干了，种地瓜的也很少了，到哪里去找地瓜干面呢？"

手　巾

20 世纪 50 至 70 年代，鲁西南农村人用的毛巾，严格上说它不叫毛巾，而是妇女们专门织的布条，与现在的毛巾相仿，只不过没有毛，用作擦脸、擦手、擦脚。其实，我们那不叫毛巾，叫"手巾"。带毛的毛巾很少见，我们称之为"羊肚子"毛巾，只有刚结婚的新人才会有。

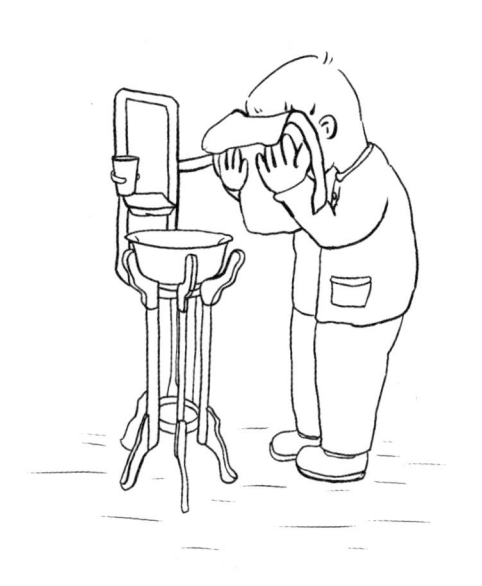

在我记忆中，我们家好几年只有一条手巾，全家人都用，无论是洗脸还是饭前洗手都用它擦，一般是放在厨房门口，搭在一个简易的盆架上。一条手巾要用很久，多数是磨得中间只剩几根线连着，擦脸擦手时把两头叠在一起用。实在不能再用了，娘再换条新的，旧的用作围锅盖，蒸地瓜窝窝时用来防止木制的锅盖漏气。

那时候，谁家有喜事，比如说娶媳妇，街坊邻居为了表达心意，就向主家送一对手巾，不像现在随份子是送钱。我哥结婚时收了一些，但娘不舍得用，等人家有喜事时她再送出去。

家里来了客人，为了表示尊重，先让客人洗手、擦手，当然用的都是同一条手巾。有一年，中秋节前，表叔来看望他的姊子——我的奶奶，本来他说要走的，被娘热情地留下吃了午饭。表叔走后的第三天，我们几个同时害起了眼病，上下眼皮肿肿的，眼睛红红的，长满了眼屎，几乎把眼睛糊住，中间只有一条缝能看清东西。那时候医疗条件差，家里也不舍得花钱买瓶眼药水，娘就一遍一遍地给我们用盐水洗，持续了好几天才好。娘一边给我们洗一边后悔地说："早知道这样，就不留他吃饭了！"

大人顾不上管我们洗不洗脸，我们小孩子贪玩，早晨爬起来就跑出去了。我在上初中前，根本没有洗脸的概念，只有吃饭前，娘提醒洗了手再吃饭，才去洗洗手。若是饿得厉害，娘一眼看不见，也不会洗手，到了厨房见窝窝头就抓，有好几次被娘打手。之后，一边摸着被打痛的手，一边跑到脸盆前，在水里一湿，在手巾上一蹭，就转身去抓窝窝头了。在夏天，我们都是干净孩子了，因为几乎一天到晚都泡在水里。但到了冬天，每天都要"摸爬滚打"几次，一个个都变成泥猴，辨不出衣服的"原色"，袖口上油光闪亮，因为袖口是我们擦汗、擦鼻涕的好地方。眼屎挂在眼角是常态，脸上只有正面才能看出人样，耳后和脖子上结有一层厚厚的皴。娘看不下去，隔上三五天给我洗一次，脸盆的水很快变成了泥汤。娘说："家里不用积肥了，光你的灰洗下来能浇两亩地！"但是，洗过没两天，我又恢复了"原样"。

那时候我不洗脸，更没有刷过牙，我刷牙是上了初中以后的事。当时我不刷牙也不记得吃东西后漱口，以至于满嘴的牙黄黄的，牙垢厚厚的，我现在的牙也不白（抽烟），可能是那时打下的基础。

　　哥哥姐姐他们长大了"讲究"，他们刷牙，每天早晨站在厨房门口，一手端着盛水的碗，一手刷牙，刷得满嘴都是白色的泡沫，然后喝一口水漱漱，噗的一声吐出，喷出去很远，散发着一股淡淡的清香。我感到好奇，就偷偷地拿过来玩，也试着尝一尝，有点薄荷味，我想肯定是薄荷糖做的。我吃一口，品品，好吃，就是没有薄荷糖甜，我又吃了两口，一看牙膏下去半管，我又换了一管，没敢吃多，只吃了两小口，悄悄地放回原处，尽量恢复原样。但还是被哥哥姐姐发现了，他们逮住我好一顿训，差一点挨一顿暴揍。

陀　螺

陀螺是我们小时候常玩的玩具之一，玩陀螺也叫"打老牛"。玩陀螺老少皆宜，每年的冬季农闲时，街头巷尾都有人在玩陀螺，人们有时自己玩，有时相约搞个比赛。

陀螺的形状为倒圆锥形，圆锥的尖部通常镶嵌着一个圆珠形的铁质东西——钢珠（铁质陀螺除外），以便于使陀螺在接触地面时摩擦力最小。玩时用绳子或布条缠住陀螺，放在地上使劲一拉，在绳子或布条的作用下，陀螺就会飞速地旋转起来。不能拉偏，拉偏了，陀螺就会被甩到一边不转。绳子不能缠得过紧，也不可太松，太紧就会把陀螺一起拉跑，太松的话，陀螺即使旋转，也不会转得好，并且不稳，东倒西歪的。要想使陀螺继续转，就要不停地用鞭子抽打。抽打也有技巧，抽打时鞭子要抽在陀螺的下部，若抽打在陀螺上部，陀螺则会跑、会倒。要使鞭梢作用在陀螺上，所以得有一手好鞭法，这也是陀螺比赛的关键。

陀螺的形状大致都一样，但它的材质有多种，有木质的、砖质的、石质的、铁质的，后来发展成塑胶的，但以木质的居多。木陀螺的材质要硬、沉，像梧桐木、柳木做的陀螺，虽也能玩，但旋转起来会飘，特别是人抽打时，陀螺无法加速。砖质、石质、铁质的陀螺较沉，人如果没有劲，就抽打不起来，不适合小孩子玩。后来我在南方某个城市见过铁陀螺，足有十多斤重，鞭子也很粗重，庄家以谁能把它玩转为赢，向游客打赌。我试了一把，鞭子都甩不起来，更别说玩转了。有几个壮汉上去试，也败下阵来。但庄家玩得很溜，他先是双手持陀螺上部两侧，使劲扭动，陀螺便转动起来，然后，他挥动大鞭子，啪、啪、啪地进行抽打，陀螺便逐渐加速。

我们玩的陀螺多数是从货郎那里用破铺衬、烂棉花换来的，陀螺上部好像用桐油浸过，在被浸泡之前刷上了几种颜色，旋转起来很是好看，转着转着，各种颜色就变成了一条条线。为了比赛，我也试着自己做了几种，但是效果都不理想。特别是用砖头磨成的那个陀螺，我用了足足半个月的时间才磨制而成，把它拿到"战场上"，也打了败仗。后来才知道原因，砖质的无法安装

钢珠，它与地面摩擦力太大，即使在冰面上也没有优势，玩了没几天，我就把它淘汰了。

我还玩过纸陀螺、铜钱陀螺、瓶盖陀螺等，因为它们的体积小，不能用鞭子抽，主要用手捻，所以也叫"手捻陀螺"。它们都是我手工做的，制作也很简单。找一张比较厚的纸，或圆形或方形，在中间插一个眼，穿上火柴棒。玩时，手捻火柴棒，纸陀螺就会旋转。谁的手劲大，捻得狠，纸陀螺就会转得快，转得久。铜钱陀螺，用一枚铜钱、一根粗细与铜钱眼相当的木棒即可制作。把木棒一头削得稍尖，一头削得稍细，把铜钱穿在木棒靠近尖的那一头。尖的一头着地，捻动细的一头，铜钱陀螺便会转起来。同理，瓶盖陀螺只不过多一道在瓶盖上钻一个小眼的工序。这种"小把戏"都是更小的小孩子玩的。

做一个好的陀螺很"重要"，但也不能忽视鞭子的作用，否则抽打起来无力，陀螺旋转就慢，还转得不持久。鞭把不需要太长，二十公分长即可，还要轻重合适，鞭身要长、粗重，人才能甩起来，让力量传到鞭鞘上，鞭鞘击打陀螺才会有力。鞭身通常用废麻绳或布条编成，鞭鞘用细麻绳，"讲究"一点的用牛皮切成的细条，既耐用，每抽一鞭还会发出啪的响声，响声很清脆，能传很远。我的孙姓邻居，有一条好鞭，被他耍得出神入化。

现在，我在城市的公园里见过玩空竹的，鲜见有玩陀螺的，即使在老家，问到后生们，他们都不知道陀螺为何物。难道陀螺要失传？

"洋火枪"

玩枪玩炮也许是男孩子的天性。小时候，我和小伙伴们人人都拥有自己的"枪支"，或"小马枪"或"勃朗宁"，没有"枪"，似乎就不是男子汉。

我们的"枪"，有的是大人们给做的，有的是在货郎那里换来的，更多的是我们自己造的。起初是用铁丝窝成枪的形状，多为"手枪"，但它不够逼真，继而我们用木头刻，刻出手枪柄、扳机、准星等，用砂纸打磨光滑。这样便于携带，不怕挤压（铁丝的经常变形，用前必须先维修）。

后来，不知是谁发明了"火枪"，有了真枪的味道。有了样本，我们就进行仿造。一种是"炮子"枪。货郎处卖"炮子"，一排大概有二三十个，"炮子"用锤子或其他硬物一砸便会爆炸，发出啪的一声脆响。我们在手枪头的准星处，挖一个槽，把民兵打靶时捡来的弹壳用铁丝固定住，事先把弹壳后部的引信盖抠掉，留出一个窝。再在枪的后部安装一个粗铁丝做成的"撞针"，"撞针"的后部连在"扳机"上，在弹壳同一水平面的枪体上安装两个铁环，使"撞针"从里穿过，防止"撞针"走偏，"撞针"的针头要对准弹壳后面的窝。用排车的内胎剪成条做"动力"。打枪前，把"撞针"使劲向后拉，留出空隙，在弹壳窝上放上"炮子",这时扣动"扳机","撞针"脱离"扳机","撞针"在车胎弹力的作用下,猛地撞向"炮子","炮子"就会爆炸,一次"射击"就完成了。

另一种是"车链"枪,也叫"洋火(火柴)枪"。把废弃的自行车链条,一小节一小节地拆开,然后把每节上边的轴用钉投掉,露出两个轴孔,再把它们一节一节地穿到事先用铁丝做成的枪架上,用内胎条把它们紧在一起。第一个链条孔要砸进去一个车轴条帽,用以放置火柴,使火柴头在撞击的情况下燃烧,发出啪的响声。后边的一排链条孔,用以穿过"撞针",起到"枪管"的作用。第一节链条与"枪管"连接处可以旋开,把火柴头朝里插进链条节中,"撞针"向后拉开,挂在扳机上,扣动扳机,就会完成射击。

"洋火枪",大人们不大让小孩玩,原因有二:一是浪费火柴,一盒火柴不够玩一天的;二是"洋火枪"射出去有一定的穿透力,射在人身上虽射不破皮,但人也会很痛,若射在人眼睛上,很可能会射瞎眼睛。因为它有一定的穿透力,我们有时会搞射苍蝇比赛,看谁射的苍蝇多。

钢　笔

　　爹有两支铱金笔，一支较粗重，一支较细巧。通体黑色，笔尖金光闪闪。在我上小学二三年级的时候他拿出来给我看，并且说："小二，好好学习，你哥学习好的话，这支大的给他，你学习好，这支小的就给你！"这两支笔是爹在我出生后不久，一次去郓城县城咬牙买下的。他是寄希望于他的两个儿子能好好学习，将来有所出息。那时弟弟还没出生，所以买了两支。我听了以后心里痒痒的，但又不能说我要，因为我知道我的学习成绩不算好，很稀松平常。

　　到了四五年级，老师要求写作业不能再用铅笔，要用钢笔完成。我向娘要钱去买，也许是她知道我学习不好，故意为难我："找你爹去，让他给你买！"我不敢去向爹要，尽管我知道他手里有现成的钢笔，但要钢笔是要以学习好作为条件的，如果我去要，爹肯定不给，还要训斥我一顿。没有办法，我只好借用姐姐的。由于刚使用钢笔，写字时还像用铅笔那样使劲在纸上画。用了两三次，姐姐急了："你把我的钢笔尖用坏了，原来写字细，现在粗了！"原来是我用力过大，把钢笔尖摁劈了，写着写着还吐噜水，弄得作业本上一摊一摊的墨水。

　　我没有钢笔，还是用铅笔完成作业。一连几天，也许是老师见我不改，就找到我："你怎么老用铅笔写作业呢？大家都用钢笔了。""我没钱买！""是不是没跟大人说呀，能让你上学，不给你买钢笔吗？回家抓紧给大人说，就说老师说的！"我"嗯嗯"地答应着，心里十分着急。

又过了几天，老师把我叫到他的办公室。"怎么回事？还用铅笔写作业呀？""我、我，我家里没钱！""没钱？别上学了！"老师突然发火吓了我一大跳。本来低着头的我，抬眼看了老师一眼。这时，我看到老师办公桌上的墨水瓶里插着一根鹅毛状的笔。啊，鹅毛也能当笔用呀！我心里一亮，我有"钢笔"用了。

我和小伙伴玩时捡了一些鹅毛，放学回到家，我把鹅毛找出来。细小的鹅毛不能用，太软，粗大的鹅翅膀上的毛还可以，只

是蘸一下只能写一个字，有的笔画多的要蘸多次，但是有总比没有强，能糊弄着把作业完成再说，虽然写出的字不漂亮，作业本黑乎乎的。

我就这样写了一阵子，被哥发现，他说："笨蛋，把鹅毛给我！"说着从我手中抢过鹅毛，用小刀在鹅毛的根部斜斜地削了一刀："给，再试试！"我接过鹅毛在墨水瓶中蘸了蘸，果然好使，不仅能写出好几个字，而且笔画清晰，作业本也干净了许多。鹅毛根部削去一块，形状很像钢笔尖，本身鹅毛根是空的，蘸墨水还能吸一小部分，无形中成了自来水笔。就这样，我默默地用了两三年，直到我上了初中，才丢掉了我的鹅毛笔。

这中间爹似乎忘了他手中有两支钢笔，从来没有提过。直到我上了高中（本村唯一考取高中的），也许是我为爹"争了光"，他把那支小钢笔送给我，但我没要。我说："待我上了大学再给我吧。"1987年我考入了信阳陆军学院，才郑重地从爹手中接过那支钢笔。

蚂 蟥

蚂蟥，又名水蛭，在农村的水沟中、小河里很常见。它身长约两三公分，有手指那么粗，嗜血。蚂蟥体呈长形，扁平，纺锤状。前边有一个口，是前吸盘，后边有一个后吸盘。人在水中活动，很容易被它叮住。

小时候，我们小孩子常在水沟中捞鱼摸虾，在大坑大河中游泳，被蚂蟥叮上也是常有的事。人被蚂蟥叮住时也不是很痛，在

水中游几乎感觉不到，直到从水里上来才发现。此时蚂蟥已吸饱了血，肚子胀得鼓鼓的。被叮的小伙伴一看被它叮住了，很害怕。我们没有经验，就用手去拽，越拽，它吸得越紧。蚂蟥两头的吸盘甚至还有往肉里钻的迹象。我们拽不掉，有的小伙伴吓得直哭，哭声便引来了大人。大人们让被吸的小孩伸出腿，用他的大鞋底使劲地抽打蚂蟥，同时也打得小孩嗷嗷直叫。蚂蟥被抽打得肚皮胀破，流出很多血，直到被打死才松开吸肉的吸盘，自然而然地掉在地上。被吸的地方会出现两个血口，血口处还在出血，血顺着腿往下流。"啊！我要流血流死了！"被叮咬的小孩依然很害怕，吓得哭叫不止。大人说："没事，一会儿就好了！以后少去水里玩！"说着抓起一把沙土摁在流血的地方。说来还真灵，血一会儿便不流了。

小孩子记性"差"，不几天又下水了。

蚂 蚱

蚂蚱，学名叫蝗虫，是农业的害虫，它们以各种庄稼为食，成群结队，多时会形成蝗灾。

麦子成熟时，蚂蚱就出现了。那时候我们边割草边捉蚂蚱，捉一只，便用麦秸梗把它穿起来，蚂蚱的后背有一个肩甲状的东西，从"肩甲"处向头部穿去，麦秸梗便从蚂蚱的嘴中穿出。放开它，它还可以飞走，至于能活多久，不得而知。有时候我们能捉二三十只，一只一只地穿在麦秸梗上，一串穿不下，就多穿几串，待没事时再把它们解开。有时在尾巴上拴上细绳，让它飞、让它蹦。它有一对透明的翅膀，飞起来虽没有蜻蜓那么潇洒，但也能飞很远，飞很长时间。它有一双大腿，能蹦很高、很远，是很好的跳远运动员。我们捉它时也不易，往往要扑很多次，前堵后追的，鞋子、衣服也全都用上。因为蚂蚱数量多，我们捉住蚂蚱的概率就大，所以经常捉很多。我们把它们玩够了，要么把它们的翅膀掐断，把腿拔掉喂鸡，要么烤着吃了。蚂蚱肉很好吃，烤好了呈金黄色，吃到嘴里外焦里嫩。蚂蚱也和知了一样，胸部有一块"瘦肉"（胸肌），很好吃，吃起来很筋道。

听老人讲，我的老家曾发生过蝗灾。蚂蚱飞来时遮天蔽日，黑压压连成一片，所到之处，所有庄稼顷刻间被一扫而光，树木也变得光秃秃的，高粱玉米成了光秆，地瓜秧、大豆叶被吃得精光，造成庄稼绝产。它们吃光一片，又转移到下一片。人们用扫帚拍打，刚打下一些，另一些又从地上飞起。无奈便从源头上堵截，在地上挖一条很深的沟，很多蚂蚱在飞跃时掉进沟中，因为互相挤压，蚂蚱自个儿也蹦不起来、飞不动了，人们看到有半沟多了，便用土掩埋，把蚂蚱埋进地里。尽管如此，埋掉的蚂蚱只是冰山一角。当时，天气干旱，本来庄稼长势就不好，又赶上了蝗灾，那一年人们没有吃的，闹了饥荒。

  小时候，我以为蚂蟥与蚂蚱（蝗虫）是一回事，就像爬叉与知了，怎么也弄不明白它们为啥一个在水里，一个在地上，一个吸人畜的血，一个吃地里的庄稼。长大后我才知道，它们是八竿子打不着的两种昆虫。

兔　子

在我六七岁的时候，家里养过兔子（家兔）。起初我家没养，是我在邻居家见了兔子后，向爹娘要的。开始爹娘不允许，后经过我反复磨，娘这才让爹赶集时买回来一对："你养，你自己养，别人不管！"从此，我以玩为主的生活，变成了割草、喂兔子、打扫卫生的养兔子生活。兔子的吃喝拉撒全由我一个人负责，兔子成了我的"心头宝"，有时和小伙伴玩着玩着想起兔子，便拔腿往家跑。

兔子到家那天，我先把小兔子放在笼子里，然后在堂屋的东墙根给小兔子建了一个窝。建窝时，先是在地上铺成一个大约长一米、宽六七十公分的地基，然后围着地基垒墙，左右两边垒的是实墙，前面只垒两边，作为门的支撑垛子，垒到一米多高的时候，再用石棉瓦作为房顶盖在上边，用棉花柴编一个小门，喂兔子时拉开小门即可。

小兔子很可爱，一对红红的眼睛，两只长长的耳朵，浑身雪白，没有一根杂色的毛。兔子嘴分成三瓣，呈倒三角形，常常露出两颗洁白的牙齿，吃草时一错一错的，有时还发出咯嘣咯嘣的细小声音。它有四条腿，两条前腿较短，肘部向后弯曲，有五个脚趾，比较尖利，两条后腿较长而且强壮，膝部向前弯曲，有四个脚趾。兔子跳跃很迅速，跑到外边不好抓，只有把它逼到角落里才有抓到的可能。我经常提着它们的耳朵研究把玩，觉得很有趣。这两只小兔子软绵绵、肉乎乎的。有时它们还冲着我吱吱叫上两声，可能是在抗议吧。

兔子是食草性动物，几乎所有的草它们都吃，瓜果蔬菜样样不拒，也喜欢吃树叶，尤爱吃槐树叶。它们对鲜的杨树叶不大感兴趣，大概是嫌它苦涩，晒干了的还可以。我割草专捡嫩的割，我想兔子还小，牙还没长全，不能吃又老又硬的草。但是，有时玩起来忘了这些，就胡乱地搂一些杂草；如果来不及割草就爬到树上折一些树枝。兔子不计较，给什么吃什么，每次都吃个精光。它们"饭量"很大，只要有食，就会旁若无人地不停地吃。它们吃得多，拉得也多，这倒也没有什么，它们拉的都是"兔屎蛋子"，我用扫帚一扫，铲出去就行了。但是它们也很能喝水，一天要喝两三小盆。特别是夏天，必须及时给它们喂水，否则它们就可能被热坏。兔子喝水多了，就尿得多，不长时间就会尿湿它们的窝。我就得及时给它们清理，铲出旧土，填进新土，一天要换两三次。兔子的尿臭味很大，刺鼻难闻，我每次清理时都是屏住呼吸，快铲快离。尽管如此，我也没有放弃，喜欢大于讨厌，一方面是我要求喂养的，另一方面兔子也能给家里带来一点经济效益。

兔子吃得多，长得也快，三四个月便长成成兔了，它们的毛也逐渐长长。随着兔毛的生长，我又有了新的工作，要不断地用梳子给它们梳理毛，否则时间一长，兔毛就会擀毡，粘成一团。兔毛长到一定长度，还要及时修剪。剪下的毛要及时卖掉，不然的话，兔毛就会变黄、擀毡，就不值钱了。

兔子的繁殖能力很强，长为成兔后即可生育，大概四五个月就能繁殖一窝。一窝少则三四只，多则七八只。刚生出来的小兔很可爱，粉嫩嫩的透着血色，两只眼睛闭着，四条小腿不停地蹬着（不会跑），唧唧唧地叫着要吃奶。母兔适时趴在小兔上边喂奶。这时你要去抱走小兔，母兔会呜呜地发出叫声，嘴作咬人状。

"老鼠的儿子会打洞"，兔子亦然。所以在盖兔子窝时，要做好地基，用砖石垒好，防止兔子打洞逃出。不过，兔子一般打洞是向斜下方打，不像老鼠在地里打洞还留有通气孔。兔子"坐窝"，就是在里边住、繁殖。养兔子的第二年，也许是我盖兔子窝时没打好地基，也可能是在除它们的粪便时，把铺作地基的砖铲出来一块，结果被兔子发现并利用。大概两三天的工夫，兔子打了一个约一米半深的洞。我喂草时发现，兔窝中突然多了许多土，我感到很奇怪。待完全打开兔窝门，往里一看，原来在兔窝的一角，兔子打了一个洞。娘说："不要紧，你把土铲出来后，堆在它们的洞上边，把窝加厚，一是能防止雨水淹透，二是能防止冬天冻透。"

兔子不仅毛能卖钱，兔子皮也能卖钱。街上经常有卖兔子毛、兔子皮的。兔子带毛的皮，可以做"耳烘"，就是把兔子皮剪成相应宽度的兔毛条，两头一对缝上，做成一个圈，这就是兔毛圈。然后根据大人或小孩脸的大小，截一段细绳，一头拴一个兔毛圈，往两个耳朵上一套，细绳挂在下巴下。戴着"耳烘"，即使是天寒地冻、刮风下雨，耳朵也不会冻伤。兔皮还常用来镶嵌在婴儿帽檐、袖口、鞋口上作为装饰，给婴儿穿戴上，显得非常可爱。

兔子的肉也很好吃，我家一般不舍得杀，除非来了重要的客人。杀兔子比杀鸡合算，那时候，家中一般不养公鸡，因为公鸡吃得多，还不能下蛋换钱。兔子吃的是草，又长得快，生得多，再说兔子皮还有用处。另外，兔子怕潮、怕湿，特别是它们在洞中生活，很容易得湿热病。就算不杀，一年也会死上几只。死了的，就用来解我们的馋（娘常说我肚子里有馋虫）。把兔子剥皮，剁成块，放些葱姜，少放些辣椒，这样炒出的兔子肉非常好吃，鲜嫩喷香。现在有人做红烧兔子头、辣炒兔子肉，我吃过几次，总觉得没有那时的味道。

如今，在鲁西南农村，很少有人再养兔子了，年轻人都到城里打工去了，儿童也随着在城里上学了。

乱死岗

在我们村北有一处沙土堆积的土丘，开始时上面什么也不长，风一吹有时变小，有时变大。那时候，小孩子是不能入祖坟的，村里常有孩子夭折，不知因为什么不能埋葬，都被扔在土丘上。久而久之，沙土丘陵被人叫成了"乱死岗"。后来，为了防风挡沙，人们就在上面种上了白蜡、阴柳，再后来"乱死岗"的土壤得以改善，变成了良田。

我们小孩子割草，不分东西南北，哪里草多、草好就去哪里。那时候少不更事，我们也去"乱死岗"那边割草。我发现有死掉的孩子在上边扔着，也不害怕，还和小伙伴们围上去看，甚至用木棍去戳弄。你把"他"弄翻过来，我则把"他"弄翻过去。有时候也碰上野狗在打死孩子的主意，我们则把狗赶跑，为了防止狗咬"他"，我们还好心地挖个坑，把死孩子埋了。有时被大人碰上，大人会狠狠地训我们一顿，把我们赶跑。

有一次，我们又去"乱死岗"附近割草，远远地看到有一条狗在撕咬包裹孩子的棉被。我们抓紧跑过去，把狗赶跑。但无论怎么赶，狗就是不跑远，呜呜地在周围转圈。我们赶不走它，就不再理它，准备挖坑埋孩子。在用木棍戳弄孩子时，发现孩子睁眼了，随之发出"啊啊啊"轻微的叫声。这下可把我们吓坏了，不用叫谁，都一齐快跑。"那个孩子变成鬼了！"我们叫喊着往村里跑。迎头碰上了一个大人，大人说："什么鬼？瞎咋呼啥？"我们你一言我一语地把看到的告诉大人。"不可能，走，带我去看看！"我们没有一人敢跟着去，只是站在村口远远地看。不一会儿，大人怀里抱着孩子回来了。"啥鬼呀，孩子没有死！"大人说完，便在街上大声喊了起来，"谁家刚把孩子扔在'乱死岗'了？孩子还活着，赶快领回去！"他喊了两遍，就听到不远处传来哭声："啊！我的儿呀，我那大命的儿啊！"随着声音越来越近，邻居大婶子跟跟跄跄地跑了过来，一把抢过孩子，紧紧地抱在怀里，使劲地在孩子脸上亲了又亲，一屁股蹲在地上，哭得一把鼻涕一把泪，几乎背过气去，最后被邻居们搀扶着回了家。

原来，大婶子的孩子不知得了什么病，各种土方都用了，也让卫生室的医生看过了，甚至还去了公社医院，就是不见好转，最后昏迷了两天"断了气"，大婶子这才把他扔到了"乱死岗"。

大婶子的孩子活过来了。几天后，大婶子特意煮了几个鸡蛋，分别送到我们几个小孩家。她一进我家院门，就千恩万谢地说："多亏了二侄子，不然的话我家孩子就让狗吃了！"说着又流出了泪。娘不知道说啥好："他婶子谢啥，孩子能回来就好！"说什么也不要大婶子递过来的两个鸡蛋。说着，娘也流了眼泪。大婶子见我站在一旁，就把鸡蛋塞进了我的口袋，塞完鸡蛋就转身走了。当我拿出鸡蛋把玩时，啪啪两个巴掌打在我的头上。"谁让你去那里戳孩子的，多不吉利呀！"娘打完我，又拍拍她的手，似乎打我的头时硌痛了她的手，"也是，不是你去戳，那个孩子也就没了！"娘虽然这么说，但还是没收了我的鸡蛋。

在那个缺衣少食、医疗条件极其落后的年代，别说孩子夭折，就连有些大人生病了，往往因为治疗不及时就去世了。有的刚刚中年，有的年纪轻轻，说没就没了。所以很多人家有老三没老二，有老四没老三的，能顽强地活下来，就是人们最大的愿望。

后来，我们"救"的那个孩子长大成人，如今早已儿孙满堂。

眼　镜

小时候，我家有一副眼镜。我起初不知道是什么东西，也不知道是眼镜，有什么用。这副眼镜上有一对透明的玻璃片，用一个酱紫色框架连着，两条腿上还拴着一根细绳。我经常见爹戴着它在本子上记东西。他当过生产队的会计，可能是在记我家的收支账吧。娘也经常戴着它做针线活，或者在簸粮食挑杂质时戴。他们都是把眼镜架在鼻尖上，向前看时，只微抬头，眼珠向上翻，露出眼珠下边的眼白，样子有点吓人。

我感到非常好奇，趁爹娘不在时，就拿过来戴，结果不光有点晕，还看不清前边的东西。因为是在屋里戴的，我想是不是屋里太暗了，就跑到院子里，对着太阳看，也看不清太阳的样子，只觉得太阳像一团火，同时眼睛也有点热。我感到很神奇，正在反复地做"实验"时，啪地一下，我头上挨了一巴掌，同时眼镜也被夺了去。"不想要眼睛了？用它看太阳会把你的眼睛烧瞎的！"是爹。也不知道是爹打得还是其他原因，我眼前突然一片黑，什么也看不见了。我揉揉眼也不起作用，这下可把我吓坏了，蹲在地上不敢动弹，直到视觉慢慢恢复才敢起身。

过了一段时间，我见大一点的孩子用瓶子底在太阳底下照秫秸芯。他们说可以把秫秸芯点着，我感到好奇，就在一边看。只见他们把瓶底朝向太阳，然后调节距离，使太阳照过瓶底的光聚在一起，照在秫秸芯上，不到一袋烟的工夫，秫秸芯就冒烟了。接着就变色，由白色变成褐色，由褐色变成黑色，黑色之后就看到了火星，火星逐渐变大、变红，燃烧成火苗。我感到好玩，想起了爹"用它看太阳会烧瞎眼"的训斥，还想到那时我的眼睛确实发热了。于是，我又偷着拿出眼镜，找到一根秫秸芯，不一会儿阳光聚集的热量就把秫秸芯点着了，这使我很后怕。

我上小学、上初中、上高中，以至于后来上军校，我的视力都很好，有时用眼过度眼会有点近视，但一放寒暑假，我的视力又恢复到正常。曾几何时，我还羡慕那些戴眼镜的。我认为他们很有文化人的气派，如果再在上衣口袋中别两支钢笔，头发再留长一点，那是何等的风度，简直是学者和大学问家的样子。

随着时间的流逝，我也不再羡慕戴眼镜的人了，我明白，戴眼镜是他们的无奈之举，我庆幸我有一双好眼睛。可是，在我43岁的时候，经常看东西费劲，好好的五号印刷体文字在我眼前变得模糊了。起初我不知道是什么原因，看书读报逐渐抬起了头，挺直了胸，拿书报的手还不断向外伸，有时还跟着光线走，扭腰歪头，自觉不自觉地变换了姿势。

同事说，你花眼了。我说不会吧，这么早？他说不信，你戴戴我的眼镜。我戴上后感到眼前清亮了许多，这时我才意识到我真的花眼了。没办法，配眼镜去吧。一验光，还有点散光。卖眼镜的师傅说，一块儿矫正了吧。我说好吧！从此，我也成了"眼镜一族"，上班戴，下班也戴，开会要戴，看手机也要戴。一副还不太够用，有时拿到办公室，下班时忘了拿回家；拿回家，第二天上班又忘在了家里。干脆多配几副，在随身携带的包里也放一副。令人讨厌的是，一个度数的眼镜，用不几年，就要换成度数高一点的。没办法，那就换，十多年我换了四五次了，现在达到了400度。

有一天，我抱一岁多的小外孙玩，他一把把我的眼镜抓了下来，"好孩子，不能抓姥爷的眼镜，不然姥爷看不见你了！"刚说完，我心里一愣：唉，我当姥爷了！

老屋，老树

前一阵老家来人，说到村里就要进行改造了，我家的老屋也在被改造范围之内，我不免有些惆怅，老屋即将没了。

老屋是哪年盖的，我不知道，它在我出生之前就有了。听爹说，老屋的墙脚石是从40多公里以外的嘉祥县大山头拉来的，十几个人来回运了三四天才运回来。我家盖这个房子时拉了不少"饥荒"（欠了不少债），十几年才还清账。

建筑老屋的材料主要是土坯，只在墙脚围了一圈石头，防止返潮、泅墙，因为墙被泅后坏得快。墙很厚，屋子冬暖夏凉。我在屋子里住到八九岁，就外出打"游击"去了，基本上再也没有长时间住过。

后来，我的兄弟姐妹都长大了，该分家的分家，该搬离的搬离，只有老屋伴着爹娘。我每次回去都是在老屋吃饭，因屋子小，晚上不能睡在里边，直到爹去世，剩下娘一个人，我逢年过节时才和娘住在一起。

娘说，你哥和你弟都有家有院了，你在外边，家里也得给你留个院。我说，不要，退休后我不一定回来。娘说，不管你回来不回来，也得给你留个念想，这里是你的家。是的，是我的家，是我的根。

娘走了三年多了，由于疫情的原因，连续两年清明节我也没能回去，更没能回老屋看一眼。

我叮嘱弟弟把老屋照管好，该修的修，该补的补，不能让老屋塌了，让它能待多久就待多久。

老屋前的老树已经没了，去年死了，树干被弟弟挖掉了。老树是棵枣树，我们小时候没少吃上面的枣。树是哪年栽的，我不知道，树龄有多大，我也不知道。听娘说，树是舅舅送来的，姥姥为了让我们吃枣方便，特意在她家枣树中选的。枣树结的枣个大肉厚，十分脆甜。舅舅送来时树已经很大了，第二年就结了不少枣。树干很粗，在我七八岁会爬树时，我搂抱树干就很吃力，有点抱不过来。

我在枣树下做作业，每年的夏天在枣树下乘凉，中秋节在枣树下听娘讲牛郎织女的故事。有一年，唐山大地震的余震不断，我们也不敢进屋睡觉，还在枣树下搭窝棚。因窝棚没有起地基，一天下大雨，我差一点被雨水冲到大街上去。

老屋就要拆除了，但我童年的记忆不会抹去，对家的念想不会消失。

雪

早晨起来，我拉开窗帘，发现外边的世界一片雪白，下雪了。我打开窗子，一股清新的空气扑面而来。好爽，我做了几个深呼吸，仿佛精神大振。

透过窗玻璃向外望去，对面的楼顶檐仿佛被装修过一样，镶上了白边。楼缝中，原来能看到的白云峰不见了，已被浓浓的雾遮住，近点的山变成了灰色。小区中的道路不见了，与两边的草地形成了一体，只有冬青腰根透着绿，草地里的松树也戴上了白帽子，落了叶的树枝变成了一条条的白蜡杆。

"好雨知时节，当春乃发生"，"好雪知时节，当冬乃发生"。"瑞雪兆丰年！"这是一场好雪，可以净化空气，有助于小麦的越冬。

50年前，大雪封门。早晨，我被爹开门的吱扭声惊醒，惺忪睡眼还没完全睁开，又被强烈的光刺得闭上。待我揉揉眼向外看时，只见院子已全变成白色。太阳的光照在雪上，又反射到屋里。我一见是下雪了，便一骨碌从被窝中爬出来，三下五除二穿好了衣服。"站住！"正当我要向外冲时，被爹喝住。爹正在用一块木板铲门口的雪。雪封门了，被风刮得堆在屋前，有一米多厚。"刚下的雪，不能去踩，一踩就不好扫了！"爹边铲雪边对我说。我看到院子里的树被雪都压弯了腰，院子里的东西全盖在雪下了，小推车被雪盖得只能显出一个轮廓。从屋门口到院东边的菜园，爹不一会儿就铲出一条小道。随后爹走到厨房门口，拿起了立在厨房门口的铁锹，他把雪扔得更远了。我拿起爹刚用过的小木板也一起铲。待小推车被清理出来后，爹就往车上堆雪，堆满一车，就沿刚铲出的小道把雪推到院外，倒进离我家门口不远的坑里。"记住，千万不能到这里去踩雪，陷进去就没有影了，谁也救不了你！"爹很严肃地说。不一会儿，街上传来小孩子们的嬉闹声。我趁爹不注意，一溜烟地跑了出去。

我和小伙伴们开始打雪仗，你抓起雪往我身上扔，我抓起雪又扔过去，一时间"硝烟"四起，漫天雪花飞舞。打雪仗是有技巧的，不能抓一把雪直接扔出去，要在手中攥一下，把雪攥瓷实再扔出去，这样威力才大，扔得才远。打雪仗时，被打中的孩子不能恼、不能哭，否则其他小伙伴就不跟他玩了。几场雪仗打下来，我们头上、衣服上全是雪，落到脖子里的雪都化了，和汗水掺在了一起。

打完雪仗，我们就堆雪人。几个人比赛，看谁堆得大，看谁堆得像。把周围的雪往一块堆，堆成雪堆，像盖房子垒墙一样，堆一层上去踩踩，踩实，再堆，再踩，感到差不多了，就去滚雪球，使滚的雪球与雪堆差不多大，慢慢地抱起来，把雪球放在雪堆上，作为雪人的头。然后找来石块和木棒，当作雪人的眼睛、鼻子和嘴，再在雪球的两边抠出耳朵。从附近草堆上拔些细草放在雪球上，当作雪人的头发。雪人一般没腿，都是只有上半身，有的话也是跪着的，在雪人的背后加两块雪当作腿。待雪人大体做好后，再修饰一下，把不瓷实的地方拍一拍，残缺的地方补一补。堆雪人一般都是在房后背阴的地方，原因有二：一是太阳直晒不到，化得慢；二是不影响人们走路。所以有的雪人在那里能"站"很长时间。

　　今天的雪，到了下午两三点钟就不下了。小区内静悄悄的，很少有人走过，更没有小孩子出去玩。只有一只喜鹊在楼前一趟一趟地飞，不知是在觅食，还是因为下雪，它的家被破坏了。

后　记

行笔至此，我长长地舒了一口气。半年来，儿时的生活片段时时浮现在我的脑海，催促我马不停蹄、奋笔疾书，终于完成初稿。

我十八岁之前，没有出过远门，除了高中期间在大（dài）人村生活了三年，只去过郓城县城一两次。事过多年，又没做过"调查研究"，所以文中对于老家的风土人情的描写，我只是凭借个人体验，难免有失偏颇，请鲁西南老乡，特别是郓城老乡批评指正。

小稿初成，请妻子（老家威海，在济南生长）审阅，提了一些好的意见建议，让我删减一些篇章段落。有些我即改之，如《青蛙》中吃青蛙的细节，妻子说青蛙是人类的朋友，不能伤害，我简化了；《老鼠》中原本有一段给老鼠"点仙灯"的描述，有虐待动物之嫌，妻子说太残忍，我也删减了。但有些我坚持己见，保留了下来。例如，有的小文涉嫌封建迷信，如《老奶奶》一文涉及"秽蛊子"事件。我认为在那时，大多数人文化水平不高，看到生活中一些离奇事件，无法用科学知识来解释，而这些事又是客观存在的事，我觉得客观描述也不为过。有的小文令人害怕，如《乱死岗》一文，论述了戳弄死孩子的事。那时我们小孩子少不更事，对什么都觉得无所谓，对什么都感兴趣，颇有些初生牛犊不怕虎的意思。写此文主要是从侧面反映那时医疗条件的落后，别无他意，更何况我也是"两死"之人，也差点被扔到"乱死岗"，能活到今天，也属万幸。

总之，才疏学浅，文字堆砌，不成"体统"。承蒙编辑厚爱，得以付梓。李天骄、王杨不辞辛苦，帮我录入电脑，并做了部分文字修饰；李炳锋（笔名金后子）大哥，不予嫌弃，百忙之中给我作序，且有抬爱之举。在此，一并表示感谢！

对读者朋友若有一点益处，我当欣慰！祝愿读者朋友身体健康，阖家幸福！

曾繁涛

壬寅年冬月